# DES FRAUDES

### DANS L'ACCOMPLISSEMENT

## DES FONCTIONS GÉNÉRATRICES

# TRAVAUX DU MÊME AUTEUR

**De l'abus des boissons alcooliques.** Dangers et inconvénients pour les individus, la famille et la société. Moyens de modérer les ravages de l'ivrognerie. *Deuxième édition.* Paris, 1869, in-18 jésus de 200 pages.

**Maladies de l'enfance.** Erreurs générales sur leurs causes et sur leur traitement, Instructions élémentaires, Règles hygiéniques. Paris, 1855, in-18; 324 pages.                    3 fr.

**Infanticide,** momification naturelle du cadavre. (*Ann. d'Hyg. publ. et de méd. lég.*, 1855, 2ᵉ série, tome IV, p. 442.)

**Quelques causes d'erreur dans les recherches médico-légales.** (*Ann. d'Hyg. publ. et de méd. lég.*, 1862, t. XIX, p. 389.)

**Cas nombreux d'aliénation mentale** d'une forme particulière, ayant pour cause la perturbation politique et sociale de février 1848. (*Ann. d'Hyg*, 1863, 2ᵉ série, t. IX, 1ʳᵉ partie.)

**Observations de chirurgie.** (*Bull. de la Société de méd. de Besançon,* 1864.) Paris, 1864, in-8; 40 pages.

**Le Goitre dans le Jura.** (*Mémoires de la Société d'Emulation du Jura,* 1864.) Lons-le-Saulnier, in-8, avec planche coloriée.

**Observations de chirurgie.** (*Bull. de la Soc. de médec. de Besançon,* 1865.)

**Hygiène du Vigneron.** (*Bull. de la Soc. d'agric., sciences et arts de Poligny,* in-8, 1865.)

**La Fièvre intermittente** dans le Jura. (*Mémoires de la Société d'Emulation du Jura,* 1865.) Lons-le-Saulnier, 1865, in-8; 12 pages avec une pl. col.

**Les maladies épidémiques dans les petites localités.** (*Union médicale,* juillet et août 1866.)

**Observations de médecine et de chirurgie.** (*Bull. de la Soc. de médec. de Besançon,* in-8, 1866.)

**La Prostitution et les Maladies vénériennes** dans les petites localités. (*Ann. d'Hyg. publ.,* 1866, tome XXV, p. 342.)

**La Phthisie pulmonaire** dans les petites localités. (*Ann. d'Hyg. publ. et de méd. légale,* 1867, 2ᵉ série, t. XXVIII, p. 312.)

---

IMPRIMERIE L. TOINON ET Cᵉ, A SAINT-GERMAIN

# DES

# FRAUDES

DANS L'ACCOMPLISSEMENT

## DES FONCTIONS GÉNÉRATRICES

DANGERS ET INCONVÉNIENTS

POUR LES INDIVIDUS, LA FAMILLE ET LA SOCIÉTÉ

PAR

## L.-F.-E. BERGERET

MÉDECIN EN CHEF DE L'HOPITAL D'ARBOIS (JURA)

TROISIÈME ÉDITION

Revue et augmentée du rapport présenté à la Société de médecine
de Strasbourg.

## PARIS

J.-B. BAILLIÈRE et FILS

LIBRAIRES DE L'ACADÉMIE IMPÉRIALE DE MÉDECINE

rue Hautefeuille, 19, près le boulevard Saint-Germain.

—

1870

C.

# DES FRAUDES

## DANS L'ACCOMPLISSEMENT

## DES FONCTIONS GÉNÉRATRICES

Un des instincts les plus puissants que la nature ait placés dans le cœur de l'homme est celui qui a pour objet de perpétuer les générations humaines. Mais cet instinct, ce penchant si vif qui entraîne l'un des sexes vers l'autre, est sujet à s'égarer, à dévier des voies que lui a tracées la nature. Il en résulte un grand nombre d'aberrations funestes qui exercent une influence déplorable sur l'individu, sur la famille et sur la société. J'en ai observé de si fâcheux exemples, j'ai été si frappé des conséquences désastreuses qui en étaient le résultat, que je ne peux résister au désir de les livrer à la publicité.

On entend dire de tous côtés que les mariages

sont moins féconds, que l'accroissement de la population ne suit plus la même progression (1). Je crois qu'il faut l'attribuer, en grande partie, aux fraudes génésiques. On est généralement disposé à penser que ces odieux calculs de l'égoïsme, que ces raffinements honteux de la débauche, se rencontrent presque uniquement dans les grandes villes et dans les familles riches; que les petites localités, les communes rurales, présentent encore en grande partie, sous ce rapport, la simplicité de mœurs que l'on attribue à ces temps primitifs où les pères de famille étalaient avec orgueil leur nombreuse descendance. C'est une erreur : je veux démontrer que ceux qui ont confiance dans les habitudes patriarcales de nos campagnards et de nos petits citadins se font la plus complète illusion. Aujourd'hui les fraudes sont pratiquées par toutes les classes de la société. Deux causes principales ont contribué à produire ce résultat.

(1) Voyez la discussion sur le mouvement de la population en France. (*Bulletins de l'Académie de médecine*, Paris, 1867, t. **XXXII.**)

La première est l'affaiblissement des idées religieuses qui prohibent sévèrement ces sortes de pratiques. Ce n'est pas sans de graves motifs que le catholicisme défend toute espèce de fraudes dans l'exercice des fonctions génératrices. Dans cette question, comme sur tant d'autres points, les prescriptions morales sont en parfaite harmonie avec les lois naturelles, avec les enseignements de la physiologie et avec les règles de l'hygiène.

La seconde est l'accroissement de l'aisance générale, de la richesse, qui fait que l'artisan, le cultivateur, le petit rentier, tiennent moins à se créer des bras destinés à les soutenir dans leur vieillesse. Ils aiment mieux jouir, en égoïstes, de leur position acquise, que de se donner le souci d'élever une famille nombreuse.

L'abolition du droit d'aînesse n'a pas détruit la vanité qui avait inspiré la création de ce privilége inique. Les hommes que possède l'orgueil de la richesse, ne pouvant s'habituer à la pensée de voir leurs biens se morceler, leurs châteaux se vendre par licitation, donnent le jour seulement à un ou deux enfants. Pour éviter une trop longue lignée, ils ont recours aux fraudes conjugales.

De nombreux écrits ont signalé tous les maux qu'engendre cette déviation des instincts générateurs qui consiste dans la *masturbation* individuelle, c'est-à-dire cette souillure de la main (*manûs stuprum*) à laquelle se livrent sur eux-mêmes un certain nombre de sujets, pour donner, par une voie indirecte et contre nature, satisfaction à leurs penchants (1).

Mais, combien sont plus pernicieux encore ces raffinements de la débauche, ces manœuvres de toutes sortes qu'inventent ces passions déréglées entre deux individus de sexe différent qui veulent éviter la conséquence naturelle du rapprochement des sexes, la fécondation de la femme.

Combien l'exaltation du système nerveux, l'ébranlement qui en résulte, doivent être plus violents au contact de deux êtres qui s'excitent mutuellement ! Est-il étonnant qu'il en résulte si souvent de graves perturbations ?

(1) Voyez Deslandes, *De l'onanisme et des autres abus vénériens*. Paris, 1835.

Divers auteurs ont parlé du vice que je vais combattre en lui appliquant le nom d'*onanisme conjugal* (1). Mais cette expression ne me paraît pas assez complexe : elle est loin de pouvoir comprendre toutes les variétés de fraudes qui sont employées pour corrompre et dénaturer les relations sexuelles.

D'abord, le mot *conjugal* semble impliquer la pensée qu'il n'est question que de l'onanisme pratiqué entre un homme et une femme unis par les liens du mariage. Mais les fraudes, appliquées aux fonctions génératrices, sont beaucoup plus fréquentes entre les sujets de sexe différent que rapprochent des liens formés en dehors de la loi et qui, par toutes sortes de motifs, tiennent essentiellement à ne pas avoir d'enfants.

Ensuite, si l'on veut remonter à l'origine du mot *onanisme*, voici ce que l'on trouve dans la *Genèse* (2) :

« Dedit autem Judas uxorem primogenito suo

---

(1) Voyez Mayer, *Des rapports conjugaux*. 5ᵉ édition. Paris, 1868, p. 271.

(2) *Genèse*, chap. xxxviii, v. 6 et suiv.

» Her, nomine Thamar. Fuit quoque Her ne-
» quam in conspectu Domini et ab eo occisus est.
» Dixit ergo Judas ad Onan filium suum : In-
» gredere ad uxorem fratris tui et sociare illi, ut
» suscites semen fratri tuo. Ille, sciens non nasci
» sibi filios, introiens ad uxorem fratris sui,
» semen fundebat in terram, ne liberi fratris
» nomine nascerentur. Et idcirco percussit
» eum Dominus, eò quod rem detestabilem face-
» ret. »

La mesure de précaution prise par Onan
n'est qu'une des nombreuses fraudes pratiquées pour éluder la conséquence naturelle du
rapprochement des deux sexes, et c'est peut-
être, de toutes celles qu'a inventées la perversité humaine, la moins opposée aux lois de la
nature.

Mais elle est souvent abandonnée, parce qu'il
arrive quelquefois que les précautions prises par
l'homme, à l'exemple d'Onan, ne préservent pas
la femme de la fécondation.

Ce résultat se produit principalement dans deux
circonstances.

Un homme, surexcité par des libations alcooliques, a des rapports avec sa femme ou sa maîtresse ; il croit avoir usé parfaitement de ses précautions ordinaires et, au milieu du désordre de ses idées causé par les vapeurs de l'alcool, il a pris ses mesures maladroitement ; la femme devient enceinte, à sa grande surprise. Nous verrons, plus loin, que cette déception fait éclater souvent des scènes de jalousie violente qui jettent le trouble dans la famille.

D'autres fois, les rapprochements frauduleux ont lieu coup sur coup dans la même séance : quelques gouttes de sperme, restées dans le canal de l'urètre après les premières approches, sont portées, par les secondes, sur le méat utérin, et la femme est fécondée. (Voy. p. 76.)

Aussi beaucoup d'hommes se défient du procédé d'Onan et l'abandonnent, comme étant d'une efficacité douteuse, pour le remplacer par des manœuvres encore beaucoup plus odieuses et plus monstrueuses, comme celle de la pédérastie.

Il en est plusieurs autres sur lesquelles je veux

insister, parce que j'en ai vu fréquemment résulter les plus graves inconvénients (1.)

Des faits comme ceux que je vais narrer ont dû être observés par tous les médecins dont la pratique a été longue et étendue. Si j'ai songé à grouper ceux que le hasard a jetés sur mes pas, c'est que j'ai pensé que ce tableau pourrait être placé avec fruit sous les yeux des jeunes praticiens.

J'aimerais aussi que l'enseignement des écoles insistât davantage sur ce point essentiel, que l'esprit des élèves fût prémuni d'avance contre les dangers résultant des artifices mis en usage pour tromper la nature dans la satisfaction des instincts générateurs.

Je voudrais que les jeunes médecins ne fussent pas obligés de faire eux-mêmes leur expérience sur ces graves questions et que, jetés tout à coup au milieu des familles, à leur début dans la carrière, ils fussent prévenus de toutes les complications, de toutes les misères, contre lesquelles

(1) Voy. p. 128 et suiv.

il sera de leur devoir de lutter, dans l'intérêt des familles et de la société.

Je crois encore devoir prévenir le lecteur qu'en déroulant sous ses yeux tous ces exemples de perversité, mon intention n'est pas de dresser un acte d'accusation contre le temps où nous vivons. Je suis loin de partager les idées de ces philosophes moroses qui proclament que l'espèce humaine se corrompt toujours de plus en plus, au lieu de gagner en moralité. Non, je n'admets pas qu'on puisse exalter les mœurs antiques. Les abominations du paganisme donnent le plus éclatant démenti à ces éloges immérités.

La *Genèse* et le *Lévitique* nous font voir que le peuple de Dieu lui-même, aux premiers âges du monde, donnait le scandale des plus immondes turpitudes.

Le moyen âge nous montre encore d'immenses impuretés.

Il est de toute évidence que les mœurs s'épurent au creuset du temps. Mais il reste encore à réformer une partie des anciens errements ; et puis, les modifications que le cours des siècles a

1.

déterminées dans les habitudes, les idées et les besoins des hommes ont rendu plus fréquents, à notre époque, des abus qui, dans les temps primitifs, ne devaient se montrer que par exception.

De ce nombre doivent être les fraudes dans l'exercice des fonctions génératrices ; elles sont, comme je l'ai dit plus haut (p. 3), l'effet d'un calcul que ne devaient pas faire les hommes des temps anciens, dont l'existence se rapprochait de la vie de nature.

Ce travail sera divisé en trois parties :

Dans la *première partie,* seront compris les faits destinés à mettre en lumière les maux qu'engendrent les fraudes chez les individus des deux sexes ;

Dans la *seconde partie*, je m'attacherai à démontrer leur fâcheuse influence sur la famille ;

Dans la *troisième partie*, j'étudierai les dangers et les inconvénients qui résultent pour la société des fraudes dans l'accomplissement des fonctions génératrices.

# PREMIÈRE PARTIE

## DANGERS ET INCONVÉNIENTS DES FRAUDES
## POUR LA FEMME ET POUR L'HOMME

Je place ici la femme avant l'homme, parce qu'elle a beaucoup plus à souffrir que lui du vice que je combats. Le rôle de l'homme est très-simple et de très-courte durée dans l'acte de la génération. Celui de la femme, au contraire, est complexe : ses organes doivent fonctionner longtemps. La nature a dû, par conséquent, les douer d'une aptitude étendue, d'une vitalité spéciale. Si cette vitalité et cette aptitude sont détournées de leur but, est-il étonnant qu'il en résulte les plus graves désordres ?

Je dois établir une distinction importante au sujet du genre d'artifices dont usent ceux qui veulent tromper les desseins de la nature.

Il y a, sous ce rapport, une différence notable entre les classes ouvrières et celles où la richesse permet de recourir à toutes sortes de raffinements.

Dans la classe ouvrière, on se contente, en général, de l'opération d'Onan, ou bien l'on s'égare dans les voies immondes de la pédérastie et des manœuvres de toutes sortes, dont la théologie, dans son vieux langage, a caractérisé la nature en disant que, dans ces rapports réguliers, le rapprochement des sexes s'opérait *in vase indebito*. Le peuple connaît peu l'usage de cette enveloppe inventée par le docteur Condom et qui a conservé son nom.

Parmi les gens riches, au contraire, l'emploi du condom est généralement répandu. Il favorise beaucoup les fraudes, en les rendant plus commodes : mais il inspire une sécurité perfide, et je ferai voir, par le récit d'accidents qui ont failli devenir tragiques (observ. LX), les graves inconvénients qui peuvent résulter de son emploi.

Je distinguerai les fraudes *directes* et les fraudes *indirectes*.

# CHAPITRE PREMIER

## Fraudes directes.

Les *fraudes directes* constituent le genre de fraude le plus répandu : c'est celui dont la *Genèse* fait un reproche à Onan et qui consiste dans l'émission du fluide séminal en dehors des génitoires d'une femme encore jeune, apte à concevoir, et après un acte de copulation plus ou moins complet et régulier.

Les souffrances qu'engendre la pratique des fraudes sexuelles sont de deux sortes : d'une part, elles affectent les organes de la génération ; de l'autre, les divers appareils qui constituent l'organisme humain et, souvent même, cet organisme tout entier.

En un mot, les accidents produits par les fraudes sont *locaux* et *généraux*. Je vais les passer en revue dans l'un et l'autre sexe.

## ARTICLE PREMIER

### ACCIDENTS LOCAUX CHEZ LA FEMME

Les fraudes génésiques peuvent provoquer chez

elle toutes les maladies de l'appareil générateur, depuis la simple inflammation jusqu'aux dégénérescences, aux désorganisations les plus graves (1). Parmi les cas de maladies des organes génitaux de la femme confiés à mes soins, plus des trois quarts de ces maladies coïncidaient avec des fraudes pratiquées dans l'exercice des fonctions génératrices et, le plus souvent, elles pouvaient leur être légitimement attribuées.

### § I. — Métrite aiguë.

Cette inflammation se montre quelquefois comme conséquence de fraudes répétées. On peut faire une distinction selon l'âge des sujets. La femme jeune y est moins exposée que la femme âgée. Pourtant j'ai vu des métrites graves chez des femmes à qui la vigueur de la jeunesse semblait permettre de se livrer impunément à de pareils excès.

*Observation I.* — Fille de vingt ans.

Elle se met au lit avec des douleurs vives dans

(1) Voyez Fleetwood Churchill, *Traité pratique des maladies des femmes*, trad. de l'anglais par MM. Wieland et Dubrisay. Paris, 1866, in-8° avec fig.

le bas-ventre et tous les signes d'une métrite aiguë assez violente pour provoquer une fièvre intense. Aucun dérangement dans ses règles, aucun accident particulier ne peut expliquer l'invasion de la maladie. Interrogée sur sa conduite, elle affirme qu'elle *n'a jamais connu d'homme*. Mais le toucher me fait constater qu'il y a défloration et dilatation notable du vagin. Le corps utérin est très-douloureux à la pression. J'apprends, par une de ses parentes, qu'elle a un amant : j'interroge celui-ci ; il confesse qu'il a eu avec la malade des rapports frauduleux et très-fréquents : c'est après leur dernière entrevue que les premiers accidents ont éclaté.

*Observation II.* — Fille de vingt-huit ans, ayant eu un enfant, il y a cinq ans : depuis cette époque, son amant n'a eu avec elle que des rapports frauduleux et souvent répétés.

Aujourd'hui, douleurs atroces dans le bas-ventre, fièvre vive; utérus très-sensible à la pression, tuméfié de manière à être facilement senti tout autour du col, métrorrhagie. Il n'y avait eu

aucun retard dans les règles qui pût faire soupçonner un commencement de grossesse et une
fausse couche; les premières douleurs étaient
venues après des excès de coït frauduleux.

*Observation III.* -- Fille de vingt et un ans,
d'une fraîcheur admirable, d'une santé florissante.

Après plusieurs nuits de coïts frauduleux,
frissons, douleurs vives dans l'hypogastre, vomissements, fièvre. Je trouve l'utérus très-douloureux, gonflé. On y sent une chaleur excessive ;
un écoulement jaunâtre sort en abondance
par le col. La phlogose cède lentement. Longue
convalescence.

Cette jeune fille, qui pouvait passer, avant sa
maladie, pour un type de beauté et de santé, est
restée pâle, étiolée, comme une fleur flétrie sur
sa tige. Elle n'a jamais recouvré son éclat et sa
fraîcheur juvénile.

*Observation IV.* — Fille de vingt-cinq
ans, domestique chez un ancien militaire à ima-

gination très-dépravée et qui se livrait sur elle à toutes sortes de manœuvres frauduleuses pour satisfaire sa passion.

Métrite très-douloureuse, accompagnée d'une vive réaction et caractérisée surtout par une complication de cystite qui provoquait à chaque instant un ténesme vésical : l'écoulement de quelques gouttes d'urine suffisait pour lui arracher des cris. Elle attribuait positivement sa maladie aux pratiques de débauche que son maître avait exercées sur elle.

*Observation V.* — Fille de vingt-neuf ans.

Son amant abuse des boissons alcooliques et, quand il vient passer la nuit avec elle, après une soirée bachique, il la tourmente plusieurs heures de suite, l'influence de l'alcool paralysant en partie ses facultés génératrices et retardant indéfiniment l'assouvissement de sa passion.

Cette fille éprouvait depuis quelque temps une pesanteur pénible dans les lombes et l'hypogastre, qui était sensible à la pression. Après une nuit durant laquelle son amant l'avait plus échauffée que jamais, elle a senti les douleurs de reins s'exaspérer au point de la forcer à garder le lit.

Le bas-ventre, les génitoires, sont devenus très-sensibles au moindre contact; ténesme vésical; vomissements sympathiques; fièvre intense.

Cette fille fut, pendant plusieurs jours, en proie aux plus vives souffrances. Sa santé en a été profondément altérée.

La métrite aiguë, résultant de la surexcitation des organes générateurs provoquée par les fraudes, peut acquérir quelquefois beaucoup de gravité en se propageant au péritoine. J'ai vu deux sœurs en être victimes.

*Observation VI.* — Deux sœurs, élevées à la débauche par une mère qui, à l'âge de cinquante-huit ans, me fit appeler pour une blennorrhagie que lui avait donnée son amant; elles avaient hérité du tempérament maternel et se livraient à leur penchant sans frein ni mesure.

Elles avaient d'abord eu chacune un enfant qui était pour elles un embarras, et leurs amants avaient reçu d'elles une consigne sévère pour ne pas les féconder.

L'aînée, partie pour Paris avec son amant, fut prise d'une métrite aiguë qui l'obligea d'entrer à l'Hôtel-Dieu où elle mourut. D'après les renseignements que j'ai recueillis, l'inflammation aurait gagné tout le ventre, et la mort serait arrivée rapidement.

Je suis d'autant plus disposé à admettre que cette fille a subi ce genre de mort, que j'ai vu ici sa sœur succomber à des accidents parfaitement identiques.

Après un retard de dix-huit jours dans ses règles, elle éprouva des coliques et une perte accompagnée de caillots. Il est très-possible qu'elle ait fait une fausse couche, car il peut arriver, comme je le dirai plus loin, que, malgré les fraudes les plus attentives, la conception se produise, dans les cas où plusieurs approches frauduleuses ont eu lieu à de courts intervalles.

Quoi qu'il en soit, à peine remise de cet accident, elle recommence sa vie de débauche. Un jour, elle est prise de violentes coliques dans l'hypogastre; elle se met au lit; je reconnais une métrite très-intense. Le lendemain, frisson violent, douleur vive, superficielle, dans tout le ventre, qui se tend rapidement; vomissements répétés; pouls d'une fréquence et d'une petitesse désespérantes; tous les signes d'une péritonite suraiguë qui la fit mourir au bout de quelques jours.

J'ai dit qu'il était essentiel de faire une distinction entre les femmes jeunes et les femmes âgées, quant à la facilité avec laquelle une métrite aiguë peut être la conséquence des fraudes dans les relations sexuelles.

En effet, tandis qu'une femme jeune peut supporter quelquefois assez longtemps des excès de ce genre sans en éprouver de graves inconvénients, la femme avancée dans la vie, dont les organes ont perdu leur aptitude juvénile, leur résistance vitale, subit plus qu'une autre les conséquences d'excès qui sont moins en rapport avec son âge.

*Observation VII.* — Femme de quarante-trois ans, d'une puissante organisation, très-passionnée et très-lascive, n'ayant pas eu d'enfant depuis dix-sept ans, parce que son mari fraudait.

Elle ouvrit un petit cabaret dans une rue solitaire d'Arbois. La maison devint un rendez-vous de débauche, et, parmi les habitués, la cabaretière eut pour amant un jeune homme très-vigoureux, qui la voyait avec fraudes. Mais leurs rapports étaient rares, à cause de la difficulté qu'ils éprouvaient à se trouver seuls, le mari s'absentant rarement.

Elle fut prise de tous les accidents d'une métrite suraiguë, qui s'étendit au péritoine. Rétention d'urine; nécessité du cathétérisme ; utérus très-sensible au toucher, gonflé, en état de rétroversion. Pendant quinze jours, pouls de 126 à 130 ; état fort grave.

Pourtant la forte constitution de cette femme finit par triompher.

*Observation VIII.* — Femme de trente-huit ans.

Mari âgé, libertin, et amant un peu paralysé, par l'ivrognerie, du côté des fonctions génésiques. Mais celui-ci a une imagination dépravée, qui le porte à faire souvent des tentatives de rapprochement, dans lesquels il s'épuise en efforts prolongés, qui fatiguent beaucoup la femme. Le mari et l'amant fraudent tous deux.

Cette femme est prise d'une violente métrite, qui exige un traitement des plus actifs.

*Observation IX.* — Femme de quarante ans.

Elle a deux amants, dont l'un, plus jeune qu'elle de plusieurs années, et très-passionné, doit lui fatiguer beaucoup les organes; l'autre, plus âgé, qu'elle ne tolère que par calcul, parce qu'il est dans l'opulence. Tous deux se servent du condom; la femme est très-lascive.

Métrite aiguë, éclatant après une nuit de débauche. A l'état aigu a succédé une métrite chronique, dont la guérison a été longue et difficile.

## § II. — **Métrite chronique**.

Plus souvent encore que la métrite aiguë, l'inflammation chronique de l'utérus vient mettre en évidence la révolte de l'organisme contre des pratiques frauduleuses qui sont une violation des lois naturelles. J'ai soigné un si grand nombre de femmes dont les souffrances reconnaissaient une pareille origine, que je suis embarrassé dans le choix des exemples que je veux citer.

Depuis longtemps je glanais dans mes notes les faits destinés à la rédaction du travail que je livre aujourd'hui à la publicité, lorsque je vis entrer dans mon cabinet deux époux dont l'état de souffrance me confirma pleinement dans la résolution que j'avais prise de publier les nombreuses observations du même genre qui ont passé sous mes yeux.

*Observation X.* — Ces époux appartiennent à deux familles de vignerons aisés. Ils sont tous deux pâles, émaciés, ont l'air abattu, languissant.

La physionomie du mari rappelle un de ces blonds enfants de la Germanie qui couvent, sous leurs yeux bleus, comme un feu sous la cendre, les passions brûlantes qui dévoraient Werther.

La femme, avec son teint pâle, un peu basané, ses yeux noirs, d'où jaillissent des rayons de flammes, fait penser aux ardentes filles du Midi.

Ils sont mariés depuis dix ans, ont eu d'abord deux enfants coup sur coup; puis, afin de n'en plus avoir d'autres, ils ont eu recours aux fraudes conjugales. Très-passionnés tous deux, ils ont trouvé ce moyen fort commode pour satisfaire leur penchant. Ils en ont usé si largement, qu'il y a quelques mois, lorsque leur santé a commencé à se déranger, le mari voyait encore sa femme habituellement deux ou trois fois dans les vingt-quatre heures.

Voici quelle est aujourd'hui la situation de la femme : elle se plaint de douleurs continuelles dans le bas-ventre et les reins. Ces douleurs troublent les fonctions de l'estomac et lui agacent fortement les nerfs. Les souffrances sont accom-

pagnées d'une leucorrhée abondante et de ménorrhagies qui l'épuisent. Au toucher, on rencontre
une chaleur vive, une extrême sensibilité sous la
pression, tous les signes d'une métrite chronique.
La malade attribue très-positivement le dérangement survenu dans sa santé aux approches trop
fréquentes de son mari.

Celui-ci ne cherche pas à se disculper, parce
qu'il est fort souffrant lui-même. Mais ce n'est
pas vers les organes de la génération que se montrent chez lui les désordres morbides ; ils portent
sur l'ensemble de la santé et principalement sur
le système nerveux ; son histoire devra trouver
place dans le paragraphe relatif aux accidents
généraux. (*Obs. XCI.*)

*Observation XI.* — Femme de vingt-cinq
ans.

J'ai soigné la mère il y a vingt ans, pour une
métrite résultant de fraudes conjugales.

La fille m'est amenée par sa mère pour des
accidents analogues à ceux qu'elle a éprouvés.

Mariée, depuis cinq ans, avec un vigneron

veuf, déjà pourvu d'un enfant de son premier mariage, et qui a déclaré qu'il n'en voulait point du second, cette jeune femme n'a subi de la part de son mari, dès le début de leur mariage, que des rapports frauduleux et fréquents.

Elle éprouve depuis dix-huit mois tous les symptômes d'une métrite chronique très-intense : douleurs vives, surtout quand elle travaille à la vigne et pendant le coït, qui lui est insupportable; écoulement continu de muco-pus, souvent sanguinolent; ménorrhagies; extrême sensibilité à la pression du col utérin et de l'hypogastre; col bas, pesant sur le plancher du bassin et s'y recourbant fortement. Cet abaissement, causé par l'intumescence de l'utérus qui en augmente le poids, doit avoir pour effet de faire souffrir la matrice chaque fois que les contractions des muscles abdominaux la compriment entre la masse intestinale et la cloison recto-vaginale, puisque cette compression a imprimé à l'organe une courbure très-prononcée.

Interrogée sur les motifs qui détournent son mari de lui faire un enfant, elle répond que c'est un égoïste qui ne vit que pour lui et ne veut pas d'enfants pour ne pas avoir le souci de gagner leur subsistance.

*Observation XII.*—Femme de trente ans ; mariée à vingt-deux. D'abord, deux enfants coup sur coup, puis fraudes conjugales. Coïts très-prolongés par l'effet de l'ivrognerie du mari dont l'abus des boissons spiritueuses paralyse les facultés viriles.

Métrite chronique de très-longue durée, obligeant de garder le lit, à cause de douleurs intolérables qui se font sentir dans les lombes lorsqu'elle prend la station verticale. État moral désespérant, parce que sa mère est morte d'un cancer utérin à l'âge de quarante-deux ans et qu'on lui dit souvent qu'elle avait été trop fatiguée par son mari. Cette femme a souffert fort longtemps de sa métrite, et son existence en a été empoisonnée.

Certaines femmes libertines, voulant mettre à profit les moments que leur laissent de courtes absences de leur mari, se livrent à des amants fraudeurs avec une passion tellement désordonnée que les organes s'affectent rapidement. J'ai soigné plusieurs métrites graves, prolongées, dont ces désordres étaient l'origine.

D'autres fois, l'habitude des fraudes, en créant à la débauche des facilités dont elle abuse, entraîne aux maladies par des écarts monstrueux.

*Observation XIII.* —Fille de vingt-cinq ans. Métrite chronique et leucorrhée abondante.

Elle avoue qu'elle a, depuis un an, des rapports fréquents et frauduleux avec son beau-père, homme de trente-cinq ans, que sa mère, âgée de quarante-deux ans, a eu la sottise d'épouser, quoique veuve et ayant trois enfants. C'est elle qui a dressé son jeune mari aux fraudes conjugales. Sa fille l'a entendue plusieurs fois répéter qu'elle ne l'avait épousé qu'à la condition qu'il ne lui ferait pas d'enfant.

J'ai dit que les jeunes femmes supportaient les fraudes, sans en être incommodées, plus longtemps que les femmes âgées, dont les organes offrent moins de résistance vitale. La plupart des métrites confiées à mes soins chez des femmes âgées dérivaient de rapports frauduleux. J'en vais citer quelques exemples.

*Observation XIV.* — M^{me} X...

Mariéc jeune, elle a fait la première année un garçon. Le père déclare qu'il veut que son fils soit riche et l'unique héritier de sa fortune, afin qu'il puisse perpétuer le faste traditionnel de sa famille. D'un tempérament de feu, sentant ses veines distendues par la séve vigoureuse du printemps de la vie, il se livre, avec sa jeune femme, à des rapports très-fréquents et frauduleux.

Cinq ou six ans se passent ainsi sans que la femme souffre ; mais, vers l'âge de trente ans, elle commence à éprouver des pesantéurs vers le bas-ventre et les reins. Bientôt ces douleurs deviennent continuelles, intolérables. Elle ne peut plus supporter les approches sexuelles ; elle est obligée de passer presque tout son temps au lit. Son existence est misérable, ses nerfs agacés, son moral profondément affecté.

2.

Après un long traitement qui avait peu modifié son état, elle profite de la belle saison pour aller aux eaux de Plombières et en revient dans un état assez satisfaisant.

Je conseille alors une grossesse qui ne se fait point attendre et se passe très-heureusement.

Après son accouchement, M^me X... se remet parfaitement : tout accident a disparu du côté de l'utérus.

Plus tard, elle fait encore deux enfants, et sa santé n'a pas cessé d'être florissante.

On voit des hommes et des femmes, devenus veufs avec des enfants, se marier de nouveau à un âge déjà avancé, après être convenus mutuellement de ne pas avoir d'enfant. Pour tenir leur promesse, ils recourent aux fraudes conjugales. J'ai soigné plusieurs femmes que des métrites chroniques sont venues tourmenter dans de pareilles conditions.

Je vais encore citer un cas de métrite chronique dont l'origine pouvait être très-légitimement attribuée à des fraudes conjugales et qui me paraît digne d'intérêt à raison de ce qu'il a donné lieu à une erreur de diagnostic très-regrettable.

*Observation XV.* — Femme de quarante-deux ans.

Elle a été mariée avec un vrai satyre qui la fatiguait énormément.

Douleurs utérines; violentes coliques, élancements qui lui arrachent des cris; matrice tuméfiée et dure. Un traitement assez long n'ayant pas abouti à un résultat satisfaisant, je demande un consultant et on fait venir le professeur Corbet, de Besançon. Celui-ci est frappé de la maigreur, du teint jaune de la malade; il trouve la matrice tellement dure au toucher qu'en sortant de la maison il annonce au mari consterné que sa femme est atteinte d'une maladie mortelle, d'un squirrhe utérin.

Pourtant cette femme, après avoir traîné longtemps et souffert, presque sans trêve, jusqu'à son âge critique, arrive à quarante-cinq ans, et recouvre une santé parfaite.

## § III. — **Leucorrhée**.

Quelquefois la membrane qui tapisse l'intérieur de la matrice et du vagin est seule affectée par les manœuvres frauduleuses, et il en résulte des leucorrhées abondantes, qui épuisent les femmes et altèrent plus ou moins profondément l'ensemble de leur santé.

*Observation XVI.* — M^{lle} X...., âgée de vingt ans.

Elle revient de Paris, après y avoir passé un mois dans une vie de débauche continuelle avec un amant fraudeur qui, même durant ses règles, ne l'avait point ménagée. Elle a quitté Paris parce qu'elle était trop souffrante. Le voyage a encore exaspéré ces accidents.

Je la trouve atteinte d'un catarrhe utérin suraigu. Écoulement jaunâtre, ayant tout à fait les apparences du pus, suintant du méat utérin avec une abondance extrême ; le corps de l'organe n'est pas tuméfié, ni sensible à la pression.

*Observation XVII.* — Femme de vingt-cinq ans.

Sept ans de mariage. Un seul enfant au début ;
puis, six années de fraudes continuelles. Son
mari la voit encore tous les jours : il y a quelques
années, c'était deux ou trois fois par jour. Douleurs de reins très-pénibles, partant de l'utérus,
qui pourtant n'est pas tuméfié, ni sensible à la
pression ; mais elle éprouve une leucorrhée très-
abondante qui l'épuise. Eczéma pudendi consé-
cutif, très-intense et très-douloureux.

Il est si vrai que les manœuvres frauduleuses
peuvent être le point de départ de catarrhes
utérins fort pénibles, que j'ai vu la grossesse y
mettre fin totalement dans le cas suivant.

*Observation XVIII.* — Femme de trente-
deux ans.

Catarrhe utérin très-abondant et qui l'exténue.
Après avoir mis vainement en usage toutes sortes
de remèdes, ayant appris qu'elle avait un mari
fraudeur, j'ordonnai une grossesse. Aussitôt après
la conception, le flux utérin s'arrêta complète-
ment, et la santé s'améliora d'une façon très-no-
table.

*Observation XIX.* — Femme de vingt-six ans.

Mariée à dix-neuf ans, et qui n'avait eu qu'un enfant au début du mariage.

Stérilité par fraudes; leucorrhée exténuante; col utérin très-ouvert, d'une rougeur vive à l'intérieur; gastralgie très-agaçante.

Tous ces accidents disparurent pendant la grossesse.

*Observation XX.* — Fille de dix-neuf ans.

Les manœuvres frauduleuses d'un amant l'ont flétrie promptement en provoquant un catarrhe utérin surabondant et un dérangement profond des fonctions digestives.

Je proscris sévèrement les rapports irréguliers et je lui dis qu'ils sont la cause de l'altération grave survenue dans sa santé.

Les deux jeunes gens se marient : grossesse ; guérison.

*Observation XXI.* — J'ai soigné deux filles de service qui s'étaient succédé dans un café tenu par un homme déjà âgé, mais vigoureux et très-lascif. Il soumettait ces filles à un régime très-échauffant pour les exciter, les jetait même dans un premier degré d'ivresse pour satisfaire plus aisément sa passion ; puis, en prenant soigneusement ses précautions pour ne pas les rendre grosses, il leur fatiguait les organes au point que toutes deux furent obligées de quitter son service pour des catarrhes utérins qui les forcèrent à garder le lit et altérèrent gravement leur santé.

Lorsque la femme est déjà avancée en âge, la fatigue causée par les fraudes provoque encore plus promptement un catarrhe utérin assez intense pour exiger l'intervention du médecin. Il est accompagné souvent de granulations rouges à l'entrée du col. Beaucoup de médecins (1). se croient obligés de cautériser ces granulations qui ne sont pourtant, le plus souvent, qu'un effet, une expansion de la maladie, comme les rougeurs, les croûtes eczémateuses qui se montrent à l'entrée des narines chez les sujets atteints de coryza.

(1) Voyez Churchill, *Traité des maladies des femmes* Paris, 1866.

*Observation XXII.* — Femme de trente-six ans.

Après une cautérisation au nitrate acide de mercure, elle avait été prise de coliques atroces ; comme on ne trouva pas promptement son médecin ordinaire, qui avait pratiqué la cautérisation, on eut recours à moi.

Les douleurs lui arrachaient des cris. Elle fut saisie d'un violent frisson suivi de tous les symptômes d'une métro-péritonite qui exigea de nombreuses sangsues, un traitement très-actif. Indépendamment d'un mari lascif et fraudeur, elle avait encore un amant fort vigoureux qui lui surexcitait la matrice par toutes sortes de manœuvres érotiques. De cette double source dérivait un catarrhe utérin qui l'épuisait et avait donné naissance à ces granulations du col que l'on avait voulu détruire en les cautérisant.

Je prescrivis surtout à cette femme de vivre plus sagement : elle suivit mon conseil; sa leucorrhée devint insignifiante et les granulations du col utérin disparurent.

Le catarrhe utérin provoqué par les fraudes est beaucoup plus pénible chez les femmes avancées en âge que chez les jeunes.

J'ai soigné un assez grand nombre de femmes libidineuses qui expiaient ainsi, par de vives souffrances, les écarts d'un tempérament qu'elles n'avaient pu dompter et qui les avait portées à se satisfaire avec des hommes plus jeunes, dont l'énergie virile n'était plus en rapport avec leur âge.

### § IV. — Ménorrhagies, Métrorrhagies et Hématocèles.

Ces trois ordres d'accidents présentent beaucoup d'analogies.

L'appareil organique destiné à recevoir le germe humain, à le développer, est doué d'une vascularité en rapport avec l'importance et la nature spéciale des fonctions qui lui sont dévolues (1). Est-il étonnant que des fécondations manquées, qui ont eu pour effet d'appeler en abondance vers l'appareil générateur le sang destiné à développer le germe qui aurait dû y être

(1) Voyez Chailly-Honoré, *Traité pratique de l'art des accouchements*, 5e édition. Paris, 1867.

BERGERET. — FRAUDES. 3

déposé, soient suivies de désordres graves dans la circulation de ces organes ?

*Observation XXIII.* — Femme de vingt-huit ans.

Stérile depuis six ans, par fraudes conjugales, après avoir fait deux enfants.

Pâleur ; épuisement ; se plaint de perdre, à son époque, beaucoup plus qu'autrefois. La perte se prolonge démesurément. Dans les intervalles qui séparent les ménorrhagies, la moindre secousse, une émotion légère, lui ramènent un suintement sanguin. Pesanteur habituelle dans les reins et déclin des forces qui l'inquiète. Rien d'appréciable au toucher et au spéculum.

Je conseille une grossesse. La femme s'en est trouvée parfaitement.

*Observation XXIV.* — Fille de trente-deux ans, naturellement très-forte.

Chloro-anémie provoquée par d'abondantes ménorrhagies. Extrême pâleur ; grande faiblesse et troubles généraux très-pénibles. Au toucher, rien d'appréciable vers l'utérus, mais tous les signes d'une défloration complète et d'une dilatation telle du vagin qu'elle doit faire soupçonner des rapports sexuels nombreux et fréquents. Elle convient qu'elle a un amant très-passionné, habile fraudeur, qui l'échauffe beaucoup. Ses pertes sont venues à la suite d'approches trop fréquentes et trop vives.

Je prescris le mariage. Elle devient grosse assez promptement et sa santé est bientôt *florissante.*

L'afflux du sang, sous l'influence de fraudes répétées, peut être tel que la femme soit prise d'une hémorrhagie effrayante. C'est ce qui est arrivé dans le cas suivant :

*Observation XXV.* — Jeune femme de vingt-deux ans, délicate.

Mariée à seize ans, elle a d'abord deux enfants, puis stérilité par fraudes. Mari très-vigoureux.

Le mari vient me chercher en toute hâte au milieu de la nuit, en me disant que sa femme *perd tout son sang.*

Je la trouve, en effet, dans un état de syncope profonde : une mare de sang est étendue entre ses cuisses. Au toucher, rien d'extraordinaire qu'une chaleur vive et un col utérin béant. Interrogé sur les causes de cet accident, le mari m'avoue qu'il est arrivé à la fin d'un coït qui était le second de la nuit. Il avoue qu'il voit sa femme trop fréquemment, parce qu'elle est d'une faible complexion, et que, ne voulant plus avoir d'enfant, il fraude depuis deux ou trois ans.

Quelquefois l'afflux excessif du sang, provoqué par les fraudes, se traduit autrement que par un écoulement plus ou moins abondant par les voies naturelles : il peut donner lieu à une déchirure vasculaire sur un des points de l'appareil générateur qui ne communique pas avec la cavité utérine ; alors le sang, ne trouvant pas d'issue pour sortir du corps, se réunit dans un point, en formant cette tumeur que l'on désigne sous le nom d'*hématocèle* (1).

(1) Voy. sur ce sujet Aug. Voisin, *De l'Hématocèle rétro-uterine et des épanchements sanguins non enkystés.* Paris, 1860.

*Observation XXVI.* — Femme de vingt-deux ans, brune, bien constituée.

Mariée depuis cinq mois avec un homme très-vigoureux et fraudeur effréné.

Dès les premiers temps de son mariage, pesanteur habituelle dans le ventre, les reins, et coliques vives pour ses règles. Ces accidents augmentent un jour brusquement, à la suite de coïts répétés.

Elle éprouve une douleur vive dans un des côtés du bassin. Je lui trouve de la fièvre, l'hypogastre gros, tendu, très-sensible à la pression ; il est impossible de le palper ; chaleur vive dans le vagin, sans écoulement.

Après quelques jours d'un traitement énergique, diminution de la douleur qui permet de percevoir une tumeur du volume des deux poings, siégeant dans le côté droit du petit bassin. La malade raconte qu'elle l'a sentie se former rapidement au début de sa maladie, avant même l'invasion de la fièvre. Elle l'attribue positivement à l'excitation et à la fatigue causée par les approches trop répétées et frauduleuses de son mari.

Après la disparition totale des accidents aigus, cette femme a conservé sa tumeur encore quelques mois ; peu à peu son volume a diminué et elle a fini par disparaître complétement. Mais, quoique le mari eût mis un terme à ses fraudes, cette femme est restée stérile.

### § V. — Tumeurs fibreuses. — Polypes.

La congestion sanguine résultant de fraudes répétées, au lieu de provoquer un écoulement morbide par les voies naturelles ou un épanchement péri-utérin, peut déterminer les mêmes accidents dans l'épaisseur même des parois utérines. Il se forme alors des collections sanguines dont la partie séreuse disparaît par la résorption, tandis que la fibrine prend de la densité pour former, soit ces tumeurs fibreuses si communes dans l'épaisseur du corps de la matrice, soit des polypes que les contractions utérines font sortir de sa cavité, quand l'épanchement sanguin, qui a servi de point de départ à la formation du polype, s'est fait dans le voisinage de la paroi interne de l'utérus.

La plupart des femmes que j'ai soignées pour ce genre de maladie avaient des relations avec des hommes fraudeurs.

Les manœuvres frauduleuses n'ont pas toujours pour conséquence de déterminer des altérations matérielles dans les diverses parties de l'appareil générateur. Elles se bornent quelquefois à en troubler profondément l'innervation : de là résultent des souffrances habituelles, une hypéresthésie locale très-pénible, des névralgies et des coliques vives.

### § VI. — **Hypéresthésie utérine.**

*Observation XXVII.* — Fille de trente ans, très-nerveuse.

Elle se plaint de douleurs habituelles vers l'utérus, d'une pesanteur désagréable retentissant sur les reins. Ces douleurs sont très-agaçantes, à peu près continuelles et troublent son existence ; pas de leucorrhée. Au toucher, rien d'anormal vers la matrice, ni pour la position, ni pour le volume, ni pour la température ; elle est seulement très-sensible à la pression. Ayant trouvé l'hymen en lambeaux et le vagin dilaté, je questionne et apprends qu'un amant fraudeur, très-passionné, surexcite souvent ces organes.

Je conseille le mariage et un enfant. On suit mes avis et la grossesse vient bientôt apporter une guérison radicale.

*Observation XXVIII.* — Fille de vingt-six ans.

Très-libertine, elle avait signalé son début dans sa vie de débauche en donnant le jour à deux enfants.

Elle vient me consulter pour des douleurs utérines qui lui rendent la vie insupportable et se font sentir principalement après les relations sexuelles.

Je ne trouve rien d'anormal dans l'état physique des organes : ce n'était qu'un excès de sensibilité, un état d'endolorissement provoqué par la surexcitation habituelle et la fatigue des nerfs. Elle convient que son amant fraude depuis plusieurs années et que, dans le temps où elle faisait ses enfants, elle n'a jamais éprouvé des accidents de cette nature.

*Observation XXIX*. — Fille de vingt-neuf ans, brune, très-forte.

Elle a fait un enfant à l'âge de vingt ans.

Elle vient me consulter pour savoir si elle peut se marier. Elle craint d'avoir la matrice dérangée, par la raison que, chaque fois qu'elle *voit* son amant, elle éprouve dans le bas-ventre, immédiatement après l'acte accompli, une douleur forte, sourde, prolongée. Je ne trouve rien d'extraordinaire dans l'état organique de l'appareil génital.

Je conseille le mariage et apprends plus tard que la grossesse a mis fin à toutes les douleurs. Celles-ci n'étaient évidemment qu'une révolte de la nature trompée contre les fraudes dont ces jeunes gens abusaient.

*Observation XXX*. — Femme de trente ans, très-lascive.

Elle a un mari et un amant fraudeurs.

Sensibilité et douleurs très-vives dans l'hypogastre, élancements dans le clitoris, qui la font à chaque instant tressaillir de la tête aux pieds. Rien d'organique.

3.

Je conseille une grossesse, une conduite plus réglée; la femme suit mes avis et me dit plus tard que sa santé s'en trouve beaucoup mieux.

*Observation XXXI.* — Femme de trente-quatre ans, délicate.

Mari très-vigoureux, salace et ivrogne. Dans l'état d'ivresse, il fait durer les approches sexuelles indéfiniment.

Douleurs utérines et lombaires, qui forcent à garder le lit; rien de matériellement altéré dans la matrice, mais elle est d'une sensibilité exquise et ses sympathies avec l'estomac sont telles que la moindre pression, un frôlement léger sur l'hypogastre, provoquent des efforts de vomissement. Quand son mari exerce ses droits sur elle, pendant toute la durée de l'acte, elle a des nausées et fait même des efforts de vomissement.

*Observation XXXII.* — Deux femmes, âgées d'environ quarante ans, viennent, dans la même semaine, me consulter pour des douleurs aiguës dans l'appareil génital, sans lésion matérielle appréciable. Chez l'une et l'autre les organes présentent un endolorissement général qui en rend l'examen presque impossible. L'une d'elles éprouve dans les reins une chaleur si vive, qu'il lui semble, dit-elle, qu'on y *applique, par moments, une plaque de fer chauffée au rouge.* Ces deux femmes, d'une nature calme, d'un tempérament un peu lymphatique, ont à supporter fréquemment les approches frauduleuses de maris vifs et très-salaces.

Les troubles de l'innervation utérine, dont je viens de citer des exemples, sont assez fréquents.

J'ai vu beaucoup de femmes, affligées de pareils accidents, aller se mettre entre les mains de certains spécialistes des grandes villes, qui les traitaient, pendant plusieurs mois, avec les cautérisations, les injections, les pessaires médicamenteux, etc., etc. Elles revenaient satisfaites et trouvaient que leur santé s'était améliorée. J'y voyais, de mon côté, principalement les conséquences du repos des organes, par le fait de l'éloignement du mari ou de l'amant, souvent de l'un ct de l'autre. Mon opinion était si fondée que la maladie reparaissait infailliblement tôt ou tard, et même rapidement, si les mêmes écarts, qui l'avaient engendrée, venaient à se reproduire.

### § VII. — Hystéralgie, Coliques et Névroses utérines.

*Observation XXXIII.* — Fille de dix-neuf ans.

Douleurs cruelles dans un côté du petit bassin ; sensation de brûlure ; maigreur ; dépérissement ; le toucher ne fait rien découvrir d'anormal qu'une défloration complète.

La malade confesse qu'elle a un amant fraudeur, qui la fatigue beaucoup, et que jamais elle n'avait souffert avant l'époque où elle noua des relations avec lui.

Souvent des femmes, qui n'avaient jamais éprouvé de coliques menstruelles tant qu'elles étaient restées dans la situation d'*intacta virgo*, sont prises de ces affreuses douleurs (1) après des

(1) Voyez Raciborski, *Traité de la menstruation.* Paris, 1868.

rapports sexuels frauduleux. Rien n'est plus commun chez des jeunes filles dont les amants ne veulent pas compromettre la réputation par une grossesse, ou des jeunes femmes dont les maris ne sont pas pressés d'avoir des enfants. Les fonctions utérines, ne suivant pas leur cours normal après ces rapprochements frauduleux, la conception n'en étant pas la conséquence, l'utérus finit par en souffrir comme un estomac dont on appliquerait la faculté digestive à des corps complétement indigestes.

Ces coliques utérines sont quelquefois fort pénibles par leur durée.

*Observation XXXIV.* — Femme de vingt-neuf ans.

Mariée depuis quatre mois, elle a épousé son amant, avec qui elle avait, depuis plusieurs années, des rapports frauduleux. Point de grossesse, quoiqu'ils aient cessé de frauder depuis leur mariage. Les rapprochements frauduleux, qui étaient très-fréquents dans les premiers temps de leur liaison, provoquaient une douleur vive dans l'hypogastre : cette souffrance *durait souvent toute la nuit.*

Grossesse au bout de dix mois de mariage. Les approches sexuelles cessent d'être suivies de douleurs hypogastriques, après un premier enfant.

*Observation XXXV.* — Fille de trente-quatre ans.

Elle est maigre, nerveuse, sujette à des palpitations, des étouffements, quand elle éprouve la moindre sensation, plutôt encore si elle vient du plaisir que de la peine.

A vingt-deux ans, début de rapports frauduleux avec un amant. Au bout de peu de temps, après chaque rapprochement, sensation d'angoisse, saisissement douloureux dans l'hypogastre et tout le corps. Cet accident devient si pénible, à la longue, qu'elle quitte son amant pour en être affranchie.

Malgré cette précaution et quoiqu'elle vive dans la continence la plus parfaite, elle vient me consulter pour cette même sensation insupportable qui, depuis un an qu'elle n'a plus de relation avec aucun homme, la saisit encore lorsqu'une pensée lascive traverse son esprit, si elle se livre à une lecture qui excite son imagination. Le trouble nerveux qu'elle ressent et l'angoisse hypogastrique sont quelquefois si violents qu'elle est obligée de se coucher, et que deux heures de repos sont nécessaires pour que le calme se rétablisse. Mais, ce qui la tourmente surtout, c'est qu'elle est éveillée fréquemment, la nuit, par ce même saisissement, lorsqu'un rêve érotique vient aiguillonner ses sens. Alors la douleur est, parfois, d'une intensité telle qu'un cri s'échappe involontairement de sa poitrine.

L'examen des organes génitaux ne me fait rien découvrir : ces accidents si pénibles ne sont que des troubles de l'innervation.

*Observation XXXVI.* — Femme de trente-quatre ans.

Mari de cinquante-six ans et amant beaucoup plus jeune, tous deux fraudeurs. Le mari, très-salace, la fatigue énormément.

Coliques d'une telle violence qu'elle se roule

sur son lit en poussant des cris déchirants. Aucun signe de métrite; pouls normal.

Je pratique une saignée dérivative et perturbatrice. Je la fais asseoir sur son lit, afin que la syncope arrive plus promptement, espérant que le collapsus, qui en est l'effet, briserait cette extrême surexcitation des nerfs utérins. En effet, après la syncope, elle parut beaucoup plus calme.

Je recommandai surtout aux époux plus de modération et une grossesse. Comme ils craignaient singulièrement le retour de ces affreuses coliques, cette appréhension fut pour eux un frein salutaire : *initium sapientiæ timor*. La femme devint enceinte et les coliques ne sont jamais revenues.

### § VIII. — Névralgies et engorgements mammaires.

Les fraudes génésiques ont quelquefois un retentissement très-pénible vers les glandes mammaires, à raison de la sympathie qui existe entre elles et l'utérus (1).

(1) Voyez Churchill, *Traité pratique des maladies des femmes*. Paris, 1866.

Il en résulte des névralgies, des engorgements qui prennent la physionomie de ce que A. Cooper appelait *tumeur douloureuse du sein*. J'ai soigné plusieurs cas de ce genre qui n'ont cédé qu'à la cessation des rapports frauduleux.

### § IX. — Cancer utérin.

J'arrive à une maladie cruelle, dont une opération ou la mort est implacablement l'issue, et qui ne tue la femme, le plus souvent, qu'après lui avoir fait endurer les plus vives souffrances (1).

Quand je passe en revue mes souvenirs, il n'est pas un seul des nombreux cas de cancer utérin confiés à mes soins qui ne m'ait offert, dans ses précédents, des fraudes génitales.

J'ai vu succomber ainsi des femmes, à un âge encore peu avancé, à une époque de la vie qui semble devoir être affranchie de ces sortes de dégénérescences. Pourquoi le mal venait-il ainsi anticiper sur les ravages du temps et bouleverser en quelque sorte les règles ordinaires? C'est que des fraudes effrénées avaient fatigué sans mesure et usé prématurément les organes.

(1) Lebert, *Traité pratique des maladies cancéreuses*. Paris, 1851.

*Observation XXXVII.*—Femme de vingt ans, blonde, lymphatique, très-délicate, à fibre molle.

Mariée à seize ans avec un homme brun, vigoureux, d'une force athlétique, et qui était affecté d'un priapisme presque continuel : c'était le *pot de terre* contre le *pot de fer.*

A dix-sept ans, un enfant; puis, fraudes continuelles.

A vingt-trois ans, deuxième grossesse qui surprend fort le mari, parce qu'il croyait avoir bien pris ses précautions : mais il lui arrivait souvent de *voir* sa femme plusieurs fois à de très-courts intervalles. A cinq mois de grossesse, fausse couche, suivie de métrite et de métrorrhagie. La jeune femme attribue nettement tous ces accidents à un coït immodéré.

Une leucorrhée infecte leur succède : le col utérin est déchiqueté, tuméfié, dur.

Trois mois après, persistance des douleurs qui ne laissent quelques moments de trêve que sous l'influence de fortes doses de morphine; alternatives d'écoulement sanguin et de leucorrhée très-fétide. Col épanoui en champignon, tout à fait déformé, largement béant; corps tuméfié et très-sensible à la pression.

Le mal fait ces progrès rapides qui ont fait donner à certaines phthisies le nom de *galopantes*.

Ce cancer galopant tue la malade quelques mois après la fausse couche.

Le mari est mort aussi prématurément. Nous retrouverons son histoire parmi celles des sujets que les fraudes font succomber à des lésions pulmonaires.

*Observation XXXVIII.* — Femme de trente-deux ans; belle et de vigoureuse constitution, très-lascive.

Mari vigoureux et amant libertin.

Tous deux fraudeurs.

La femme est morte de cancer galopant.

*Observation XXXIX.* — Femme de trente-six ans, blonde, délicate.

Mariée à dix-sept ans, trois enfants au début, presque coup sur coup; puis, fraudes vigilantes et souvent répétées; elle me dit que c'est, pour son mari, un besoin, une habitude, *comme celle de sa pipe*.

Cancer utérin, col épanoui en champignon ; douleurs lombaires intolérables.

*Observation XL.* — Femme de trente-cinq ans, d'une bonne constitution.

Mari très-vigoureux, quoique âgé de cinquante-six ans.

Elle déclare qu'il lui a fatigué extrêmement les organes, et toujours en fraudant, pour ne pas avoir charge de famille. Elle a eu de cet homme, à l'âge de dix-huit ans, un enfant du sexe féminin. Lorsque cette fille a eu seize ans, il s'est décidé à épouser la mère ; mais, à peine celle-ci était-elle depuis quelques mois sous le toit conjugal qu'elle découvrit que son mari avait des rapports intimes avec son enfant : le père avait pollué sa fille ! Elle fut obligée de l'éloigner en la plaçant comme domestique.

Après son départ, la pauvre femme resta seule en butte aux continuelles obsessions de son mari.

A trente-quatre ans, elle commença à souffrir de la matrice : six mois après, les approches sexuelles lui causent des douleurs intolérables; mais elle n'en est guère plus ménagée par son brutal époux. Enfin elle ne peut plus sortir du lit, on m'appelle.

Je trouve un cancer ulcéré et galopant qui la fait mourir peu de temps après.

Son mari n'a pas tardé à se remarier avec une femme de cinquante ans qui fut forcée de le quitter; nous verrons son histoire à propos des *fraudes indirectes*. (Observ. CI.)


*Observation XLI.* — Femme de quarante-deux ans, peau fine, délicate.

Mari très-concupiscent.

Trois enfants au début du mariage; puis, fraudes pendant plus de quinze ans.

Squirrhe du corps utérin donnant lieu à d'abominables souffrances. Elle ne savait quelle position prendre, ne pouvait rester étendue, passait ses jours et ses nuits accroupie ou appuyée sur ses coudes et ses genoux. Je n'ai jamais vu de situation plus lamentable. D'où venait cette excessive souffrance? Chez cette femme, le squirrhe de l'utérus était surtout caractérisé par une extrême dureté, avec racornissement de l'organe. Je pense que cette variété du squirrhe, que l'on peut appeler *atrophiant*, puisqu'il flétrit les tissus en les condensant, doit être beaucoup plus douloureuse que le cancer fongueux ou végétant; dans ce dernier cas, les filets nerveux sont plus à l'aise qu'au milieu des chairs dont les fibres, durcies et resserrées, les étreignent de toutes parts.

Cette malheureuse femme succomba à l'excès de ses douleurs, qui avaient jeté un trouble profond dans la nutrition.

*Observation XLII.* — Femme de quarante-deux ans.

Squirrhe du corps utérin et de l'ovaire gauche. Douleurs intolérables dans le trajet du nerf sciatique, hémorrhagies continuelles.

J'ai vu le cancer utérin enlever, presque dans le même moment, la mère et la fille.

*Observation XLIII.* — La fille est venue mourir à l'hôpital, pour s'éloigner de son mari qui la tourmentait encore de ses approches, malgré un cancer ulcéré et infect, dû à des fraudes continuelles.

La mère, âgée de cinquante-trois ans, se mit au lit peu de temps après la mort de sa fille.

Elle avait fait six enfants, de dix-huit à trente ans; puis, fraudes régulières et très-fréquentes.

Mari encore vert et ne la ménageant guère plus qu'il y a vingt ans.

Fongus du col presque indolent : mais, pertes continuelles qui la font mourir par un épuisement rapide.

*Observation XLIV.* — Femme de quarante-deux ans.

Quatre enfants, puis, fraudes pendant plusieurs années.

Squirrhe utérin; fongosités du col qui saigne au moindre frottement; hémorrhagies inquiétantes après les approches du mari qui, malgré l'état où est sa femme, veut encore trop souvent

jouir de ses droits; pas de douleurs vives; mort
par un lent épuisement.

*Observation XLV.* — Grande et belle femme
de quarante-quatre ans, d'une constitution admirable.

Trois enfants; le dernier, il y a douze ans;
puis, stérilité par fraude.

Mari très-vigoureux et très-ardent.

Cette femme a toujours joui d'une brillante
santé jusqu'à l'invasion de sa maladie actuelle
qui a débuté par une leucorrhée abondante :
bientôt, coliques vives, métrorrhagies. Les douleurs venaient par crises, d'une intensité affreuse.
L'utérus s'est développé graduellement jusqu'à
acquérir le volume d'une tête d'adulte. Rien au
col, qui est effacé. Au début, on se flattait de la
pensée que ce n'était peut-être qu'un corps
fibreux et que la matrice finirait par l'expulser.
Un jour, après des coliques aussi violentes que
pour accoucher, elle sentit passer un morceau
charnu gros comme une noix : c'était du tissu
cancéreux. Son martyre a duré près d'un an,
avant que la mort vînt l'en délivrer.

Dans les observations qui précèdent, on a vu que la maladie était restée quelquefois un assez grand nombre d'années avant que d'éclater, après que les rapports sexuels avaient cessé d'être réguliers. Cette longue immunité fait tomber dans une illusion fatale. On se figure que les pratiques frauduleuses sont inoffensives, qu'on peut s'y livrer impunément. Mais avec le temps les organes s'usent, leur vitalité se trouble, leur texture s'altère, et le mal éclate au moment où une longue quiétude a habitué les fraudeurs à vivre dans la sécurité.

Mais si les organes, doués encore de cette force de résistance dont les pénètre la jeunesse et l'âge mûr, peuvent lutter assez longtemps contre les causes de destruction, il n'en est plus de même des femmes qui sont arrivées à l'automne de la vie. Chez elles les fraudes, même dans les cas où elles sont mises en pratique avec modération, peuvent facilement engendrer les dégénérescences organiques. Nous le verrons aux *fraudes indirectes*, en traitant des accidents qui suivent les rapports sexuels après la ménopause (p. 129).

## § X. — **Maladies des ovaires**.

Le rôle important que ces organes remplissent dans les fonctions de reproduction doit leur rendre funestes les pratiques frauduleuses qui troublent profondément ces fonctions. En effet, autant les maladies des ovaires sont rares chez les femmes qui, à la suite de rapports réguliers, se trouvent fécondées et deviennent mères, autant elles sont communes chez les femmes dont les organes sont soumis à des manœuvres qui trompent le vœu de la nature. On en voit résulter toutes les maladies des ovaires, depuis l'ovarite aiguë jusqu'aux dégénérescences les plus graves (1).

Parmi les cas fort nombreux que j'ai observés, je vais choisir ceux qui ont offert des particularités dignes d'intérêt.

*Observation XLVI.* — Femme de vingt-neuf ans.

Mariée à vingt ans, elle a un enfant dans la première année; puis, fraudes souvent répétées.

A vingt-cinq ans, les menstrues deviennent douloureuses, et, d'année en année, ces souffrances

(1) Fleetwood Churchill, *Traité des maladies des femmes.* Paris, 1866.

deviennent insensiblement des coliques atroces.

A vingt-huit ans, on me consulte; j'ordonne une grossesse; mais la fécondation est devenue impossible. En palpant le ventre, on trouve, de chaque côté, une tumeur qui ne peut appartenir qu'aux ovaires. A gauche, elle a déjà le volume d'une tête de fœtus à terme. Cette tumeur gêne beaucoup la circulation des fèces. La malade a eu, par moments, des symptômes de péritonite qui ont dû provoquer l'exsudation de fausses membranes autour de la grosseur. Celle-ci est enchaînée à sa place par cette gangue pseudo-membraneuse et, à mesure qu'elle s'accroît, au lieu de s'étendre du côté de l'abdomen, elle aplatit le rectum. Constipation insurmontable qui donne lieu à des coliques d'intestin très-violentes, accompagnées d'un ballonnement de tout le ventre, comme dans les étranglements herniaires. Après plusieurs jours d'horribles douleurs, vomissements stercoraux, pouls misérable, facies d'agonisant. Mais il s'était formé un point rouge et fluctuant à quelque distance de l'épine iliaque antérieure et supérieure. Bientôt l'abcès s'ouvrit et un flot de matières fécales délayées, mêlées de gaz, s'échappa rapidement. Le ventre se détendit instantanément; soulagement très-prompt; retour de l'appétit; mais la malade est si incommodée et si humiliée d'être constamment baignée dans ses évacuations alvines, qu'elle n'ose plus manger. Elle se laisse littéralement mourir de faim et succombe dans le plus profond marasme au bout de quelques semaines.

*Observation XLVII.*—Fille de vingt-neuf ans. Kyste ovarique remplissant la moitié du ventre.

Au début, hémorrhagies utérines très-considérables, circulation intestinale fort gênée, coliques violentes et, à la fin, signes de péritonite suivie de mort.

En la soignant, j'avais constaté la défloration, et reçu l'aveu que, dès l'âge de vingt-deux ans, elle avait eu un amant très-ardent et fraudeur.

*Observation XLVIII.* — Femme de trente-quatre ans.

Mariée à vingt-cinq ans. Deux enfants coup sur coup; puis fraudes.

A trente-deux ans, le ventre prend très-vite un grand développement.

Je constate l'existence d'une hydropisie enkystée de l'ovaire. Bientôt, nécessité de ponctionner; mais le kyste se remplit si rapidement que, de mois en mois, il faut le vider. Après la dixième ponction, frisson violent, péritonite, mort.

*Observation XLIX.* — Femme de trente-sept ans.

Mariée depuis huit ans, couche double dans la première année; puis stérilité par fraudes.

Hydropisie ovarique, nécessité de nombreuses ponctions; mort dans le marasme à quarante ans.

*Observation L.* — Fille galante, très-libidineuse.

A vingt-deux ans, un enfant : plus tard, coïts fréquents, toujours accompagnés d'artifices frauduleux.

De vingt-six à trente-six ans, coliques menstruelles atroces.

A quarante ans, kyste ovarique gros comme la

tête d un enfant de dix-huit mois. Après une journée très-pénible, employée à laver du linge, travail qui avait fatigué beaucoup le ventre, cette fille est prise de frissons ; douleur très-vive dans la tumeur ; fièvre ardente ; nécessité de sangsues nombreuses, de bains prolongés. Après l'inflammation aiguë, la résorption du liquide contenu dans le kyste s'est opérée lentement, comme dans une hydrocèle injectée, et au bout de trois à quatre mois, la tumeur était réduite au volume d'un œuf de poule.

*Observation LI.* — Femme de cinquante-quatre ans.

Malgré son âge avancé et les caresses d'un mari encore vert, elle avait encore des rapports avec un amant fraudeur. Son libertinage lui attira une métro-ovarite aiguë très-intense à laquelle je la vis sur le point de succomber par l'extension de la phlogose à la surface péritonéale.

## § XI. — Stérilité.

On voit souvent des amants ou des époux, à la fleur de l'âge, commencer leurs relations par des fraudes, plusieurs années de suite, pour ne pas se donner charge d'enfant, et jouir, en égoïstes, du beau temps de leur jeunesse, se promettant bien d'avoir plus tard de la progéniture. Mais ils comptent sans les métrites, les ovarites, qui viennent à la longue, quelquefois très-sourdement, modifier si profondément les organes de la femme que, plus tard, la conception n'est plus possible (1).

*Observation LII.* — Femme très-lascive.

Dès l'âge de seize ans, rapports frauduleux avec un amant dont elle fait son mari à vingt-trois ans.

Stérilité, quoique le col utérin soit normal pour la forme, le volume et la position.

Trois ans avant son mariage, après une nuit de débauche où avaient eu lieu plusieurs coïts frauduleux, catarrhe utérin très-intense, accompagné de fièvre, douleurs vives dans le bas-ventre. C'est probablement cette inflammation de la cavité utérine qui, en s'étendant aux trompes de Fallope, a déterminé l'occlusion de ces dernières et la stérilité.

(1) Voyez Roubaud, *Traité de l'impuissance et de la stérilité*. Paris, 1855, 2 vol. in-8°.

*Observation LIII.* — Belle brune de vingt-quatre ans.

Sa mère a été très-féconde.

Au début du mariage, coïts très-fréquents, avec fraudes; premières approches très-douloureuses, le mari étant très-ardent; bientôt métrite suraiguë, compliquée d'hématocèle péri-utérine; souffrances qui arrachent des cris.

Cette femme a gardé le lit fort longtemps; elle est restée stérile, quoique, plus tard, le mari ait désiré vivement un enfant.

*Observation LIV.* — Femme de vingt-huit ans, très-forte.

Sa mère était très-féconde.

Mariée depuis six mois, elle est stérile et s'afflige beaucoup de ne point avoir d'enfant.

Elle vient me consulter pour des douleurs qu'elle éprouve habituellement dans les reins et les cuisses. Pendant plusieurs années, avant son mariage, rapports frauduleux et fréquents qui étaient suivis d'une souffrance hypogastrique tellement vive que souvent elle l'empêchait de dormir une grande partie de la nuit

On voit encore des familles dans lesquelles a survécu cette absurde vanité qui avait engendré le droit d'aînesse. Quoique celui-ci n'existe plus, l'orgueil qui lui avait donné naissance n'a pas manqué de lui survivre. On cherche à remplacer le droit par le fait, c'est-à-dire qu'on s'arrête, dans la procréation des enfants, du moment qu'il est né un garçon pour propager le nom et concentrer la totalité ou, du moins, la plus grande partie de la fortune sur sa tête : puis, on se livre à la pratique des relations frauduleuses. Mais il peut arriver souvent que ces odieux calculs de l'égoïsme et de l'amour-propre entraînent plus tard d'amères déceptions. Je vais en citer un exemple.

*Observation LV.* — M<sup>me</sup> X.

Mariée fort jeune; dès la première année, un garçon qui est reçu avec des transports de joie. Le mari jure, dès lors, qu'il s'en tiendra là et reste fidèle à son serment. On l'a entendu, maintes fois, se moquer des bons bourgeois qui, de mœurs patriarcales, ne reculent pas devant la perspective d'une lignée indéfinie. Ce fraudeur imprévoyant a été bien cruellement châtié de ses ridicules brocards et de ses vaniteux calculs. Son fils lui a été enlevé, à seize ans, par une fièvre typhoïde.

Aussitôt il s'est remis à l'œuvre pour le remplacer. Mais sa femme, maintes fois, durant sa longue viduité, qu'avaient souillée les fraudes continuelles de son mari, était venue se plaindre à moi de vives souffrances vers l'utérus. On cherche en vain une fécondation nouvelle. Toute aptitude à la conception paraît s'être évanouie : stérilité; désespoir.

Néanmoins, après deux années de tentatives inutiles et l'emploi de toutes sortes de moyens pour favoriser la fécondation, je rencontre un jour le mari avec un front rayonnant : sa femme était enceinte.

Mais sa joie fut de courte durée. Les fonctions utérines, ranimées un instant, n'eurent pas la force d'entretenir la grossesse bien longtemps; fausse couche à cinq mois.

Plus tard, tous les essais de fécondation vin-

rent se briser contre un organe inerte et impuis-
sant.

### § XII. — Grossesses accidentelles.

Il arrive quelquefois que les sujets fraudeurs,
malgré les précautions qu'ils ont prises, ou cru
prendre parfaitement, voient, à leur grande surprise, la femme devenir enceinte.

J'ai vu des maris devenir jaloux en présence
d'une grossesse inattendue et à laquelle ils se
croyaient parfaitement étrangers, maltraiter leur
femme, l'expulser du domicile conjugal.

J'ai vu des amants abandonner, aux premiers
signes de grossesse, des maîtresses qui possé-
daient toute leur affection et qu'ils auraient fini
probablement par épouser.

C'est qu'il est des femmes dont l'aptitude pro-
créatrice est telle que la moindre quantité de
sperme, je dirais presque l'*aura seminalis*, suffit
pour les féconder.

Ce n'est pas sans raison que la loi religieuse a
proscrit sévèrement les moindres privautés entre
les deux sexes.

Il peut arriver, d'abord, que le col utérin soit

tellement bas que le pénis, sans être introduit dans le vagin, lance le sperme contre le méat utérin.

*Observation LVI.* — Fille de vingt-sept ans.

Aménorrhée datant de quatre mois.

Elle est fort étonnée quand je lui annonce qu'elle est grosse ; elle proteste avec énergie, par la triple raison qu'elle n'a *rien éprouvé, qu'elle n'a pas d'amitié pour l'homme qu'elle a vu, qu'il n'a eu de relations avec elle que debout.* Elle me rappelle qu'elle est venue déjà, il y a deux ans, me consulter pour une leucorrhée abondante et que je lui ai fait cette remarque qu'elle avait la matrice fortement abaissée. En effet, le méat utérin paraît à l'entrée du vagin : ce déplacement pouvait être attribué à de lourds fardeaux qu'elle avait longtemps soulevés et portés sur la tête. Cette position du col utérin avait rendu la fécondation possible, malgré le retrait du pénis au moment de l'éjaculation, le sperme ayant pu jaillir sur le col utérin entre les lèvres de la vulve béante. En effet, cette fille était bien réellement enceinte. Mais son amant ne voulut point reconnaître l'enfant, disant qu'il était *impossible* qu'il fût le sien.

*Observation LVII.* — Femme de quarante-quatre ans.

Physionomie pleine de vivacité et d'intelligence; veuve depuis douze ans et ayant de grands garçons. Elle s'est *oubliée*, dit-elle, au point d'avoir, il y a cinq mois, des relations avec un homme. Mais, comme *c'était debout* et qu'il ne pénétrait presque pas, elle croyait d'abord ses approches sans conséquence, lorsque, tout à coup, la terreur s'est emparée d'elle en pensant qu'elle pouvait être enceinte.

— « Vos règles sont-elles revenues depuis » cette époque? lui dis-je.

— » Oui, monsieur, j'ai perdu chaque mois, » mais je sens mon ventre gonflé.

— » Comment, vous qui avez fait plusieurs » enfants, pouvez-vous craindre une grossesse » en perdant chaque mois? Est-ce que cela vous » arrivait ainsi quand vous portiez vos garçons?

— » Oh! non, monsieur, mais c'est que ce » sang, je le faisais couler.

— » Et de quelle manière?

— » Avec ceci, me dit-elle, en tirant de sa
» poche une longue broche, assez pointue, faite·
» d'un bois dur.

— » La portiez-vous bien haut?·

— » J'introduisais mon doigt jusqu'à l'entrée
» d'un *petit goulot* qu'on sent au fond, je glis-
» sais la broche sur ce doigt et je la faisais péné-
» trer jusqu'à ce que je sentisse un petit picote-
» ment dans le bas-ventre. »

Je représentai à cette femme combien sa conduite était criminelle et la détournai de toutes
mes forces de l'emploi de son instrument, lui disant que la justice pourrait un jour lui en demander compte. Je l'examinai et la trouvai réellement
enceinte de trois à quatre mois. Mais elle n'a
jamais accouché, et ses tentatives répétées ont
fini par amener une fausse couche. J'en ai reçu
l'aveu, six ans plus tard, de sa propre bouche.

Elle vint me consulter de nouveau pour savoir
encore si elle était enceinte; elle me dit que,
depuis la première fois, elle croit bien que son
amant ne *s'y est pas attrapé;* mais, comme il
n'a que trente ans (elle en a cinquante!) et qu'il

est *très-ardent*, elle craint qu'un *certain jour il ne se soit oublié*. Il n'en était rien : la suppression qui l'avait inquiétée venait de la ménopause.

*Observation LVIII.* — Fille de vingt-neuf ans.

Elle a déjà fait un enfant, et est affectée d'une suppression de quatre mois.

Appelé à la visiter, j'annonce que la matrice est développée comme pour une grossesse. Aussitôt cette fille s'écrie : « Monsieur, c'est impossible! » Je demande si elle n'a pas permis certaines privautés, les croyant inoffensives. Elle avoue qu'un amant vient coucher avec elle.

En la touchant, j'avais été frappé de l'extrême abaissement du col utérin, et je compris comment la fécondation avait eu lieu malgré la sécurité avec laquelle les deux jeunes gens avaient cru pouvoir opérer.

Le prolapsus du col utérin qui rend, comme dans les cas précédents, la fécondation possible, malgré l'emploi des fraudes ordinaires, est un disposition qui devient fatale à beaucoup de femmes (1).

Il est une autre circonstance qui peut donner lieu à des grossesses accidentelles, inattendues, produisant sur les liens qui unissent les deux sexes tous les fâcheux résultats que je viens de signaler, brisant même ces liens quelquefois d'une manière irrévocable. Souvent un mari, un amant, ne se contentent pas de satisfaire une fois leur passion ; peu de temps après une première approche, ils recommencent. Il peut arriver alors qu'une petite quantité de sperme, restée dans l'urètre depuis la première copulation, suffise pour féconder la femme. On ne se défie pas de ce danger ; une seconde approche fait arriver ce sperme vers le col utérin, avec le fluide prostatique dont l'érection et le coït déterminent l'écoulement plus ou moins abondant.

*Observation LIX.* —Fille de trente-deux ans. Elle est très-étonnée de ne pas voir ses règles

(1) Huguier, *Mémoire sur les allongements hypertrophiques du col de l'utérus, dans les affections désignées sous le nom de descente,* etc. Paris, 1860.

revenir depuis quatre mois et de sentir ses seins durs et douloureux. Il y a une grossesse de trois mois et demi.

Elle affirme qu'il est impossible qu'elle soit enceinte, par la raison que son amant a parfaitement pris ses mesures et qu'elle peut compter sur son habileté, puisque leurs rapports datent de cinq ans et qu'il n'a jamais fait de *maladresse*. Je lui demande s'il la *voyait* plusieurs fois dans la même nuit : elle répond que cela lui était impossible, parce qu'il ne couchait pas dans la maison et qu'ils ne passaient ensemble que de courts moments, le soir, à la dérobée. Toutefois, en cherchant bien dans ses souvenirs, elle se rappelle que, dans les jours qui suivirent la dernière apparition de ses règles, il lui fut possible, par extraordinaire, de passer une partie de la nuit avec elle et que, cette fois, ils avaient eu deux rapprochements, à une heure environ d'intervalle.

Une grossesse accidentelle peut encore se produire dans des circonstances comme celles que je vais signaler, en racontant une histoire dont le dénoûment faillit être tragique.

*Observation LX.* — Femme de trente-six ans.

Elle a eu plusieurs enfants d'un mari qui ne fraudait jamais. En même temps, elle était pourvue d'un amant, avec qui elle avait des rapports durant les absences assez longues que faisait son mari pour ses affaires. L'amant recourait à l'usage du condom pour éviter une grossesse en l'absence du mari.

Un jour, de grand matin, je suis appelé près de cette femme que je trouve en proie à une désolation, à une angoisse inexprimables. Elle me fit l'aveu de ses rapports frauduleux et me dit que, la nuit dernière, le condom dont se servait son amant s'est déchiré, qu'il ne s'en est aperçu qu'en se retirant, et qu'elle a une frayeur mortelle de devenir enceinte, par la raison que son mari, absent depuis deux mois, ne doit être de retour que dans un avenir encore éloigné et qu'elle serait perdue si elle devenait grosse en son absence. Je m'efforçai de la rassurer en lui disant que peut-être la déchirure n'était pas large et que la plus grande partie de la semence avait dû rester dans le condom. — C'est vrai, dit-elle, mais je deviens si facilement enceinte que la *sueur d'un*

*homme suffirait, je crois, pour me rendre
grosse.*

Elle me demanda s'il n'y avait pas un moyen
d'empêcher une grossesse commençante. Je lui
répondis que je n'en connaissais point. — Alors,
monsieur, dit-elle, il ne me reste qu'un parti à
prendre ; et je vis des pensées de suicide qui tra-
versaient, comme des éclairs sinistres, le fond de
sa pensée. La terreur peinte sur son visage n'était
que trop fondée : son mari était un farouche
Othello, et je n'étais point surpris de voir en elle
toutes les angoisses de Desdémona.

Je m'efforçai de la rassurer en lui faisant voir
le danger d'une grossesse bien moindre que son
imagination surexcitée le lui représentait, et je la
quittai, la laissant un peu plus calme. Deux mois
plus tard, je fus rappelé près d'elle. Je la trouvai
atteinte d'une métrite aiguë, grave; le péritoine
menaçait d'être envahi.

Pressée de questions, elle finit par m'avouer
qu'elle était allée dans une grande ville trouver
une sage-femme qu'on lui avait indiquée comme
faisant le métier de provoquer l'avortement chez

les filles enceintes. Elle s'était rendue à son domicile à onze heures du soir. La matrone s'était mise à l'œuvre immédiatement, en introduisant dans son corps un stylet d'ivoire avec lequel elle avait crevé l'œuf ; puis, elle l'avait renvoyée avant l'arrivée du jour. La femme avait été prise, dans la journée, de coliques violentes qui durèrent vingt-quatre heures et furent suivies de l'avortement. Aussitôt le fait accompli, elle s'était hâtée de revenir chez elle : mais un frisson violent l'avait saisie durant le voyage et elle eut peine à gagner son lit.

Il fallut un traitement très-actif pour arrêter cette métro-péritonite qui, à certain moment, prit un caractère fort alarmant.

## ARTICLE II

### ACCIDENTS LOCAUX CHEZ L'HOMME

Quoique les fraudes génésiques soient loin d'entraîner des conséquences aussi graves pour l'homme que pour la femme, par la raison que

son rôle, dans les fonctions de reproduction, se
borne au rapprochement des sexes, il n'arrive pas
moins, assez souvent, qu'il devient victime d'accidents plus ou moins sérieux, résultant de la pratique des manœuvres frauduleuses.

### § I. — Urétrites.

J'ai soigné des hommes pour des urétrites
qu'ils avaient contractées en ayant des rapports
génésiques durant les menstrues. Ils avaient choisi
ce moment dans la pensée que la conception était
impossible et afin de l'éviter.

### § II. — Maladies de la prostate.

Les hommes que j'ai vus souffrir le plus gravement de la facilité que la pratique des fraudes
leur donnait, pour satisfaire leur penchant à la
débauche, sont ces hommes âgés qui, comme
certains spectres de Dante, sont éternellement
consumés, pendant une seconde vie, par les passions surannées de la première. Les accidents les

plus graves que j'aie vus éclater en eux sont les maladies de la prostate (1).

J'ai soigné un assez grand nombre de vieux libertins, chez lesquels une intumescence de cet organe avait déterminé les dysuries les plus pénibles, des rétentions d'urine dangereuses, des catarrhes vésicaux consécutifs, et même la mort, comme dans le cas suivant.

*Observation LXI.* — Vieillard de soixante-quatre ans.

Il avait eu un grand nombre de maîtresses, sans jamais se donner l'embarras d'une grossesse, tant il était habile fraudeur.

A cinquante-huit ans, il commence à éprouver des difficultés dans l'émission des urines : je l'engage à être continent ; mais il n'en fait rien. Les fonctions vésicales s'altèrent davantage d'année en année.

A soixante-quatre ans, rétention d'urine complète, après une course en voiture. Au toucher

---

(1) Voyez Civiale, *Traité pratique des maladies des organes génito-urinaires*, 3ᵉ édition. Paris, 1858-60.

rectal, prostate énorme. Je suis obligé de recourir à la sonde : son introduction est très-difficile.

Plusieurs jours se passent ainsi sans que la vessie parvienne à surmonter l'obstacle prostatique. Un jour, je fus retenu fort longtemps auprès d'une femme en couches et ne pus aller sonder mon malade; il attendit au milieu des plus vives souffrances. Enfin, n'en pouvant plus, il fit venir un autre médecin ; mais le cathétérisme était si difficile, que celui-ci ne put parvenir à pénétrer dans la vessie.

A mon arrivée, je trouvai le malade en proie à un violent frisson : une douleur déchirante s'était fait sentir tout à coup dans les reins. Je me hâtai de le sonder ; je vis sortir une urine sanglante. Une demi-heure après, le malade réclama de nouveau la sonde avec instances; je retirai du sang presque pur, puis, de demi-heure en demi-heure, il fallut renouveler l'opération, qui ne ramenait plus que du sang. Au frisson avait succédé un pouls petit et d'une fréquence désespérante; sueurs froides; mort au bout de vingt-quatre heures.

Je demandai à faire l'autopsie et je trouvai un des uretères assez dilaté pour admettre le pouce; le rein du même côté avait été complétement déchiré par l'accumulation de l'urine dans ses bassinets; c'était cette déchirure qui, en atteignant les gros vaisseaux du parenchyme rénal, avait donné lieu à cette hémorrhagie si rapidement mortelle. L'examen de la vessie me fit rencontrer, en arrière du col, une sorte de soupape formée par le lobe moyen de la prostate, qui était devenu le siége d'une forte hypertrophie; c'était cette soupape accidentelle qui gênait l'émission des urines.

J'ai soigné plusieurs vieillards chez lesquels, dans de pareilles conditions, après des rétentions d'urine fréquentes, la vessie s'était racornie, formant une tumeur dure au-dessus du pubis. L'urine avait fini par se créer une voie anormale à travers le périnée; abcès urineux, suivis de fistules. Ils sont morts d'épuisement causé par des escarres au sacrum.

Tous ces hommes avaient été fort débauchés

et ne s'étaient arrêtés dans leurs habitudes qu'à l'invasion de la maladie.

*Observation LXII.* — M. X... éprouvait des besoins d'uriner presque incessants ; ayant eu l'idée de laisser une sonde en caoutchouc à demeure dans la vessie, parce que le cathétérisme le faisait trop souffrir, il arriva qu'un abcès, formé entre la vessie et le rectum, fit communiquer ces deux cavités, et que l'extrémité de la sonde pénétra dans l'intestin ; les matières fécales l'entraînèrent avec elles. Un matin, le malade, en s'éveillant, vit que le bout de la sonde, qui dépassait la verge, avait disparu ; il la chercha en vain dans son lit ; dans la journée, en allant à la garde-robe, il sentit qu'elle franchissait l'anus.

## § III. — **Impuissance**.

L'emploi des fraudes conduit à une *impuissance* prématurée (1).

J'ai vu des hommes, jeunes encore, déplorer amèrement le malheur qu'ils avaient eu de gas-

(1) Voyez Roubaud, *Traité de l'impuissance et de la stérilité.* Paris, 1855, 2 vol. in-8°.

piller leur jeunesse et leur virilité dans les plaisirs de contrebande; ils faisaient en vain toutes
sortes de traitements dans le but de ranimer ce
feu vital qu'ils avaient jadis activé trop vivement. C'était, quelquefois, des célibataires fatigués d'une vie de débauche et songeant à se marier pour mettre fin à une jeunesse orageuse.
Mais, au moment où ils rêvaient déjà les joies
de la famille, les douceurs de la paternité, ils
s'apercevaient que leur puissance génitale était
épuisée. Leur vie en était empoisonnée et ils
tombaient dans une sombre mélancolie.

## ARTICLE III

### ACCIDENTS GÉNÉRAUX COMMUNS AUX DEUX SEXES

#### § I. — **Système nerveux.**

Les nerfs sont profondément affectés par la
pratique des fraudes génésiques.

*Observation LXIII.* — Un mari me demandait comment il était possible que sa femme,

quoique peu ardente en apparence, fût impressionnée par ses approches au point que, le jour suivant, les jambes lui manquaient et tout le corps était dans une sorte de langueur qui la gênait beaucoup pour son travail.

*Observation LXIV.*—Un autre mari m'a consulté souvent pour sa femme à qui les approches conjugales donnaient de violentes attaques de nerfs, surtout un état de syncope, de léthargie, qui, parfois, l'avait vraiment effrayé.

*Observation LXV.* — Un jeune homme d'une excellente éducation, doué de sentiments délicats, et qui avait été entraîné à la pratique des fraudes avec une maîtresse, me disait qu'après ces relations frauduleuses, il se sentait confus, humilié, comme s'il eût commis un infanticide.

Si l'on peut appliquer à l'homme cet axiome physiologique : *omne animal post coitum triste,* ce doit être surtout après un coït frauduleux.

La surexcitation du système nerveux provoquée

par l'emploi des fraudes peut donner lieu à deux maladies affreuses, la *nymphomanie* et le *satyriasis*. Ce genre d'affection est heureusement très-rare : pourtant j'en ai vu quelques cas que je veux rapporter, parce qu'ils se sont terminés d'une façon déplorable.

*Observation LXVI.*—Jeune fille de vingt ans. Elle est violemment éprise d'un amant qui la dresse à tous les artifices frauduleux du libertinage. L'élève surpasse bientôt le maître. L'orgasme vénérien s'élève chez elle à un si haut degré qu'elle est toujours à la poursuite de cet homme et que, dans le paroxysme de sa passion, elle se livre à tous les mouvements désordonnés des bacchantes. Son amant en est presque effrayé. Il finit par s'inquiéter de ces rapports, si fréquents et si prolongés, qu'il se sent épuisé, exténué, tandis que sa maîtresse est aussi insatiable que Messaline sortant des lupanars où elle s'était rendue pour assouvir sa passion. *Et lassata viris, nedum satiata, recedit.*

La nymphomanie peut seule expliquer la

surexcitation génésique dont cette fille m'a donné un exemple.

C'est Vénus tout entière à sa proie attachée (1).

Son amant, après avoir mis en usage tout ce que les ressources de son esprit purent lui fournir de ruses, de stratragèmes, pour se délivrer d'elle adroitement, reconnut que toutes ses tentatives étaient infructueuses. Il était, de son côté, un don Juan très-volage ; ennuyé des poursuites de cette fille, il brusqua un jour la rupture en lui déclarant, au moment de la quitter, qu'il ne la reverrait plus. Ce jour-là, elle vient chez moi et me demande, le plus naturellement du monde, de la part de son père, une ordonnance pour avoir, à la pharmacie, une assez forte dose d'arsenic destinée à empoisonner des rats qui, dit-elle, font de grands ravages dans leur habitation. Je donne l'ordonnance.

Ce jour même, je suis appelé auprès de cette fille à qui je trouve une figure affreusement décomposée ; pouls misérable, sueurs froides,

(1) Racine, *Phèdre*.

vomissements. Je compris aussitôt l'usage qu'elle avait fait de son arsenic. Comme elle avait avalé tout le paquet, elle mourut dans la soirée.

Son amant, à qui je dois tous les détails antérieurs à l'empoisonnement, fut fort affecté de cette fin si lamentable. « Ne manquez pas, me » dit-il, de publier un jour cette affreuse histoire, » afin de faire connaître les malheurs auxquels » l'homme s'expose en excitant les passions dans » ces tempéraments de feu où l'incendie, une » fois allumé, ne s'éteint souvent qu'après avoir » tout dévoré. »

Personne, excepté lui, ne se douta du genre de mort qui avait enlevé la jeune fille. Comme on était dans les chaleurs de l'été et que le choléra se montrait sur quelques points de l'est de la France, je déclarai qu'elle avait succombé à un choléra foudroyant.

D'autres fois, l'instinct génésique, poussé chez la femme jusqu'à la nymphomanie, la fait tomber dans un autre excès bien déplorable.

*Observation LXVII.* — Une jeune fille chez laquelle son amant avait à un haut degré surexcité le sens génital, par toutes sortes de manœuvres érotiques et frauduleuses, tomba dans un état de nymphomanie qui, à toute heure du jour et de la nuit, lui faisait rechercher son amant. Mais cette jeune fille était naturellement timide et, comprenant tout ce qu'avaient d'inconvenant les poursuites dont elle l'obsédait, elle se livrait à de copieuses libations pour exciter sa hardiesse par un commencement d'ébriété. Elle finit par se mettre tous les jours dans cet état d'alcoolisme qui, au bout de quelques mois, alluma une gastro-entérite suraiguë à laquelle je l'ai vue succomber très-rapidement. La maladie était caractérisée surtout par un flux de sang tellement abondant qu'il eut bientôt fait d'épuiser les forces.

Chez l'homme, les excès dont je décris les ravages peuvent engendrer le *satyriasis.*

*Observation LXVIII.* — J'ai soigné deux hommes très-vigoureux et dans la force de l'âge qui ne laissaient aucune trêve, ni le jour, ni la nuit, l'un à sa femme, l'autre à sa maîtresse. Ces deux femmes étaient exténuées, d'une maigreur extrême, gastralgiques et névropathiques. Elles venaient se plaindre à moi fort souvent, disant qu'elles n'y tiendraient pas, qu'il leur fallait souvent subir des approches frauduleuses *dix à douze fois* dans les vingt-quatre heures. Ce fut vainement que je fis à ces hommes les remontrances les plus sévères : ils n'en tinrent aucun compte. Par une coïncidence frappante, tous deux ont fini par être atteints d'attaques convulsives épileptiformes ; mais ces accidents ne les ont point arrêtés ; au contraire, à mesure que, sous l'influence de ces violents orages qui ébranlaient à un haut degré le cerveau, leur intelligence baissait, les instincts de la brute prenaient de plus en plus de l'ascendant sur eux et ils se livraient à leur passion avec une sorte de bestialité sans frein.

Le plus âgé est tombé dans la démence : il est mort atteint d'une paralysie générale.

Le second a tellement exténué deux maîtresses, successivement, qu'elles l'ont quitté, sentant leur santé gravement ébranlée et les sources de la vie épuisées en elles. Ces femmes l'ont fui comme une bête dangereuse et, si cet homme n'a pas succombé lui-même sur le champ de bataille des fraudes génésiques, c'est que le combat a cessé faute de combattants.

Ces deux hommes ont été saisis plusieurs fois de leur attaque pendant le coït. Les femmes en étaient si profondément bouleversées que j'ai été appelé, de temps en temps, à leur donner des soins. Ces deux malheureuses créatures m'inspiraient la plus vive compassion.

*Observation LXIX.* — Jeune homme de vingt-huit ans.

Atteint d'épilepsie, il attribuait sa maladie à ce que des circonstances particulières ne lui permettaient pas d'avoir avec sa maîtresse des relations sexuelles autrement que debout. Il la voyait souvent, toujours avec fraude. C'est après avoir abusé de ces jouissances irrégulières qui, à la fin, lui laissaient, disait-il, *un grand vide dans le cerveau,* qu'il fut pris, au milieu de l'acte même, de sa première attaque d'épilepsie.

Lorsque des hommes, qui se livrent sans frein à la débauche, grâce aux facilités que leur donnent les fraudes génésiques, sont obligés, par leur position, de fatiguer en même temps leur cerveau, pour satisfaire aux exigences d'une profession qui demande une grande application de tête, ils finissent par éprouver des céphalalgies intolérables qui peuvent les conduire à de très-fâcheuses conséquences.

*Observation LXX.* — Un homme avec qui j'avais de vieilles relations d'intimité m'a mis, comme médecin et comme ami, au courant de tous les mystères d'une phase de son existence durant laquelle il avait étrangement abusé des fraudes génitales. Il a failli expier ces excès par un genre de mort très-pénible. C'est à la suite d'une longue et cruelle maladie qu'il a dit un adieu éternel à la vie de débauche qu'il avait menée et m'a prié de raconter un jour son histoire, afin qu'elle serve d'exemple et de leçon à ceux qui seraient tentés de tomber dans les mêmes égarements.

Il était âgé de trente-cinq ans. Jusqu'à l'âge de trente ans, il avait vécu très-sagement, appliquant toutes ses facultés à des travaux sérieux, à l'exercice de fonctions qu'il remplissait avec une scrupuleuse exactitude.

A trente ans, des circonstances particulières le mettent en rapport intime avec la jeune fille nymphomane de l'observation LXVI. La facilité avec laquelle il avait triomphé de sa vertu lui fit prendre goût à ces sortes de conquêtes. Il était beau, gracieux, il était riche, spirituel. Aussi trouva-t-il peu de femmes inaccessibles à ses avances : se faisant, en quelque sorte, un jeu de séduire toutes celles qui se trouvaient à sa portée et qui avaient le malheur de lui plaire, il devint un don Juan très-redoutable. Mais, comme ses premières maîtresses ne l'abandonnaient pas à mesure qu'il s'en créait de nouvelles, il finit par avoir une espèce de sérail composé de cinq femmes ou filles, jeunes, belles, passionnées. Il menait ses intrigues si adroitement et avec une telle discrétion que chacune d'elles ignorait qu'elle eût des rivales ou, du moins, n'avait sur leur existence que de vagues soupçons. Quoique ce sultan d'un nouveau genre ménageât ses forces le plus possible, comme ses odalisques n'étaient pas des esclaves, mais des femmes qui s'étaient livrées à lui librement et voulaient, assez souvent, faire valoir les droits que ce sacrifice volontaire avait créés en leur faveur, peu de jours se passaient sans qu'il fût obligé de donner satisfaction à l'une ou à l'autre, souvent à plusieurs d'entre elles.

Sa santé, quoique très-robuste, n'y tint pas. Il fut pris de céphalalgies tellement violentes que tout travail de la pensée lui devenait impossible.

Il se décide à me confier sa pénible situation et je lui conseille de s'éloigner du pays.

Il part pour l'étranger. Au bout d'un mois, il m'écrit qu'il va rentrer en France parce qu'il est fort souffrant. Il arrive bientôt et me fait appeler. Je le trouve atteint d'une inflammation très-vive du tube digestif. D'où venait cette maladie? Il me raconta que, dès le début de son voyage, il avait senti, en faisant ses repas aux tables d'hôte, que, plus il remplissait son estomac, plus il soulageait ses douleurs de tête. Cette circonstance et la multiplicité des mets servis dans les hôtels faisaient qu'il mangeait trois fois plus qu'à son ordinaire, où il était d'une grande frugalité. Cet excès d'alimentation, ces digestions laborieuses dont il n'avait pas l'habitude, avaient fatigué outre mesure les organes digestifs et ceux-ci avaient manifesté leur révolte par une vive inflammation. La maladie fut longue et grave. Au quarantième jour, le malade était dans un tel état de faiblesse qu'on croyait sa fin prochaine. Pourtant il eut le bonheur de triompher.

Une aussi cruelle expérience ne fut point perdue pour lui. Il a rompu complétement avec les femmes, vit continent comme un trappiste et se porte à merveille.

Quelquefois les fraudes génésiques fatiguent tellement la moelle épinière que c'est vers cette partie du système nerveux que se montrent de graves et douloureux accidents.

Mais les excès que je combats agissent principalement sur les centres nerveux en produisant les névroses les plus pénibles.

*Observation LXXI.* — Homme de cinquante ans.

Brillante et forte organisation qui, si elle eût été livrée à des travaux sérieux et réguliers, aurait pu parvenir à faire de grandes et belles œuvres. Mais, malheureusement, cet homme a été jeté par les circonstances au milieu d'un monde où l'on mène une *vie Régence.* Il est tombé entre les mains de ces femmes dangereuses, véritables Circés, qui ont le don funeste de changer les hommes en bêtes. Il s'est plongé aveuglément dans la débauche, sans la moindre réserve, abusant des facultés dont il était doué pour courir de conquête en conquête; toujours fraudant, pour ne pas compromettre les femmes et ne pas se donner à lui-même les embarras d'une paternité irrégulière. Ces excès ont été supportés pendant quelques années; puis, les fonctions de l'estomac se sont troublées, parce que, pour soutenir ses forces et suffire à toutes ses débauches, il usait d'une nourriture plus copieuse et plus stimulante que ne le comportait son organisation. Il fut pris de crampes d'estomac qui lui arrachaient des cris. Après les désordres gastriques sont arrivées l'hypocondrie, les névropathies de tous genres. Il passait des nuits affreuses; au milieu de ses insomnies, des images érotiques venaient le poursuivre et le dominer si impérieusement qu'il lui est arrivé de quitter son domicile, à deux heures du matin, pour aller trouver une de ses maîtresses. Mais il me racontait qu'à son retour il avait tellement honte de lui-même, il éprouvait un *tædium vitæ* tel, que, sans la crainte de déshonorer sa famille, il n'eût pas hésité à se donner la mort. Enfin, cet homme est tombé dans une démence complète, avec des accès de manie furieuse durant lesquels son imagination était poursuivie par des spectres féminins contre lesquels il luttait avec frénésie.

Je dois signaler une remarque dont il m'a fait part au début de sa maladie, parce qu'elle se rapporte directement au sujet que je traite; il m'a dit, spontanément, sans que je lui en eusse posé la question, que ce qui lui avait le plus agacé les nerfs, c'était la nécessité où il avait été de frauder avec la plupart de ses maîtresses. Il avait été frappé de ce que, avec les femmes qui n'exigeaient pas cette mesure de précaution, il s'énervait beaucoup moins.

*Observation LXXII.* — Homme de quarante-neuf ans.

Il est très-nerveux et très-intelligent ; possesseur d'une grande fortune et ayant les passions les plus vives, il s'est livré à de grands excès avec les femmes. Mais, comme il le dit lui-même, il s'est *gâté les nerfs* avec elles, surtout à raison de cette circonstance que, dans les rapports sexuels, il aimait beaucoup mieux les *prodromes que la conclusion ;* ce sont ses propres expressions. Il voulait dire qu'il ne consommait jamais l'acte génésique et recherchait surtout ces raffinements de la débauche dont on prolonge le plus possible la durée et qui ébranlent plus profondément le système nerveux que le coït régulier.

Aujourd'hui cet homme est au plus haut degré névropathique et lypémaniaque, parce que tous les médecins qu'il a consultés lui ont défendu les femmes et que, partagé entre la passion qui le poursuit sans relâche et la crainte de porter à sa santé une grave atteinte, il se trouve, au milieu de son immense richesse, le plus malheureux des hommes. Des idées de suicide lui traversent souvent l'esprit. Au milieu de ses nuits d'insomnie, le démon de la luxure lui livre les plus terribles assauts. Alors, il perd la tête, il court dans sa maison comme un fou et vient, de grand matin, me demander, presque les larmes aux yeux, *si je veux lui permettre une femme, seulement tous les huit jours!*

Les désordres nerveux ne sont pas toujours aussi nombreux que dans les observations précédentes. Ils se bornent quelquefois à une simple dépression du système nerveux, comme celle qui suit souvent les rapports non frauduleux. Mais la prostration des nerfs doit être, en général, beaucoup plus grande après les fraudes, parce que, pour les mettre en pratique, le système nerveux est tendu plus longtemps et plus fortement. J.-J. Rousseau y recourait probablement

6.

avec madame Warens, puisque, plus tard, quand
il a eu des enfants de Thérèse, il les a mis à
l'hospice.

Aussi, à propos de madame Warens, il exprime en ces termes le secret désenchantement
qui suivit la possession : « Je me vis pour la pre-
» mière fois dans les bras d'une femme, et
» d'une femme que j'adorais. Fus-je heureux ?
» Non. Je goûtai le plaisir. Mais je ne sais quelle
» invincible tristesse en empoisonnait le charme.
» J'étais comme si j'avais commis un inceste.
» Deux ou trois fois, en la pressant avec trans-
» port dans mes bras, j'inondai son sein de mes
» larmes (1). »

*Observation LXXIII.* — Jeune homme de
vingt-deux ans.

Il a l'œil très-vif. Marié depuis cinq mois, il
pratique les fraudes conjugales.

Pertes séminales durant le sommeil. Lypéma-
nie, *tædium vitæ*, névropathie générale.

Je l'engage à ne plus frauder, lui promettant
que, lorsqu'il aura un enfant, sa présence dissi-

_____
(1) J.-J. Rousseau, *Confessions.*

pera les sombres nuages qui l'obsèdent et changera complétement son existence. Je ne lui fis pas d'autre prescription.

Quelque temps après, il vient me remercier, me dit qu'il a suivi mes avis, et que ses tristes pensées se sont évanouies à la vue de sa femme enceinte, à la pensée qu'elle va donner le jour à un enfant. Cet espoir a éveillé des préoccupations de toutes sortes dans son esprit ; il songe que cet enfant va lui créer de nombreux devoirs, lui préparer un avenir nouveau ; tout cela fixe sa pensée, l'empêche de se replier sur lui-même et bannit de son esprit la mélancolie qui assombrissait son existence.

Que de fois j'ai vu des femmes venir me consulter pour des névropathies très-pénibles, parce que leurs maris fraudeurs ne satisfaisaient pas complétement cet instinct puissant de la maternité qui est si développé chez un grand nombre d'entre elles.

J'ordonnais, pour tout remède, une grossesse et, plus tard, je voyais avec satisfaction que ma prescription avait eu un plein succès. Quelquefois, les femmes qui subissent, à regret, les manœuvres frauduleuses de leurs maris, deviennent névropathiques par suite du dégoût que les fraudes leurs inspirent.

J'ai vu des femmes, d'une délicatesse de sentiment exquise, dont la santé s'altérait par suite de l'impression pénible que de pareils procédés, venant de leur mari, leur avaient causée.

*Observation LXXIV.* — Femme de vingt-cinq ans.

Elle présente ces traits fins, cette expression de candeur virginale que l'on admire dans les Vierges de l'école italienne ; elle vient me consulter pour un état de souffrance, de névropathie générale dont elle ne peut, dit-elle, ou plutôt, dont elle n'ose pas me dire la cause. Je la devine ; elle est mariée depuis trois ans, n'a pas d'enfants, et je sais que sa famille lui a fait épouser, malgré elle, un homme à figure ignoble, bestiale, qui ne doit avoir que les instincts de la brute. Je l'interroge sur ses rapports avec son mari : elle rougit, et, pressée par mes demandes, elle finit par m'avouer que jamais il n'a eu avec elle un rapport complet, régulier, qu'il a des penchants dépravés qui lui inspirent un affreux dégoût; qu'elle l'évite autant qu'elle peut et que lui, blessé de sa délicatesse, satisfait tout seul ses instincts immondes, sans même respecter sa présence. Je n'ai rien entendu de plus navrant que le récit de ces turpitudes fait par cette douce et belle créature qu'elles rendaient profondément malheureuse.

*Observation LXXV.* — Jolie fille de trente ans.

Elle est sacrifiée, comme celle de l'observation précédente, par des parents cupides, à un vieillard débauché. Bientôt sa fraîcheur disparaît, sa beauté se flétrit. On la croit enceinte. Il n'en était rien.

Elle vient me consulter pour des accidents névropathiques dont tout son être est tourmenté. Aussitôt que j'aborde le chapitre de son mari, elle éclate en sanglots. J'en devine le motif. Cet homme, dont je connaissais la figure abjecte, me rappelait, chaque fois que je le rencontrais,

ces médailles romaines représentant le galbe dur
et bestial d'Othon et de Vitellius. Vrai pourceau
d'Épicure, cet homme ne craignait pas de profa-
ner cette nature si délicate en abusant de son au-
torité maritale pour lui faire endurer toutes
sortes de souillures, sans jamais songer à la dé-
dommager par l'espoir des douceurs de la maternité.

Le soir de son mariage, il lui avait déclaré
qu'il ne voulait pas être importuné par les cris
d'un enfant.

Je fais tous mes efforts pour la consoler et lui
promets d'adresser une sévère leçon à son mari.
Celui-ci me fit les plus belles promesses : mais
c'était un hypocrite; il ne les tint pas. Peu de
temps après, je suis appelé précipitamment pour
aller au secours de cette malheureuse femme
qui, tout à coup, après être encore sortie le matin dans son état de santé ordinaire, paraissait
être à l'agonie.

Je la trouve, en effet, expirante. Je suis frappé
de l'altération que présentent ses lèvres : leur surface est comme brûlée. J'entr'ouvre sa bouche;

partout je vois les traces d'un liquide corrosif. Je saisis un bras pour tâter le pouls : les doigts sont crispés sur un petit flacon de verre à démi rempli par un liquide légèrement brunâtre. J'én versé sur une dalle ; il y a effervescence. Pendant que je fais cette expérience, la femme rend le dernier soupir.

Je vais chez le pharmacien et j'apprends que, deux heures auparavant, cette femme était venue acheter un flacon d'acide sulfurique de la part de son mari qui, dit-elle, voulait s'en servir pour nettoyer un tonneau.

Au lieu d'accidents purement nerveux, les manœuvres frauduleuses, comme tous les excès vénériens, en précipitant les mouvements du cœur et lançant violemment le sang vers le cerveau, peuvent provoquer des attaques d'apoplexie.

*Observation LXXVI.* — On vient me chercher au milieu de la nuit pour une fille qui était en proie à une crise de nerfs épouvantable. Elle n'en avait jamais eu, et ses parents étaient d'autant plus surpris qu'ils ne connaissaient aucun motif qui eût pu la déterminer. Je savais que cette fille, qui était pauvre, passait pour être la maîtresse d'un vieux monsieur connu pour ses goûts de débauche. J'éloignai les parents sous divers prétextes et, seul avec la malade, je la sommai de me dire ce qui lui était arrivé. Alors elle me raconta que, tandis qu'elle avait son amant dans ses bras, tout à coup les mouvements de cet homme avaient cessé, ses yeux s'étaient renversés, une phrase commencée avait expiré sur ses lèvres ; elle l'appelle, elle crie : pas un mot ; elle voit que, dans ses bras, elle n'a qu'un cadavre qu'elle repousse précipitamment ; elle se sauve à toutes jambes. C'est à son arrivée dans sa famille qu'elle avait été prise de l'attaque de nerfs.

Le lendemain, de grand matin, on vient me chercher pour M. X... qu'on a trouvé dans son lit, inanimé. Je constate le décès et, bientôt, le bruit se répand que M. X... est mort, *durant son sommeil,* d'une attaque d'apoplexie foudroyante.

J'ai vu un cas tout à fait analogue dans lequel

la victime a survécu hémiplégique et sans connaissance pendant quelques jours.

*Observation LXXVII.* — Homme de cinquante-six ans.

Fort libertin.

Il était sujet à des pesanteurs de tête, des vertiges, pour lesquels il m'avait consulté. Connaissant ses inclinations perverses, je lui avais prêché
la continence ; mais, Lovelace incorrigible, il ne
suivit pas mes avis et trouva la mort où il cher-
chait le plaisir. L'attaque l'a surpris au milieu
de ses manœuvres lubriques.

### § II. — **Système circulatoire.**

Les excès vénériens surexcitent vivement le
cœur, surtout dans les organisations très-impres-
sionnables.

Le rapprochement des sexes le plus simple,
le plus naturel, provoque souvent de vives
palpitations.

*Observation LXXVIII.* — Femme de vingt-
six ans.

Elle est délicate, fort sensible ; mariée depuis trois ans, elle n'a pas d'enfant.

Elle attribue sa stérilité à ce qu'elle ne peut sentir les approches de son mari sans avoir des battements de cœur intolérables, qui la suffoquent et troublent tout à fait la fonction qu'elle voudrait remplir. Pourtant l'examen du cœur né fait découvrir aucun signe de lésion organique.

On connaît l'histoire de cette prostituée dont parle Morgagni, et qui mourut d'une déchirure au cœur entre les bras d'un homme.

*Observation LXXIX.* — Jeune fille.

Elle était douée d'un tempérament tellement passionné qu'il touchait presque à la nymphomanie.

Elle m'a fait la confidence que, dès l'âge de onze ans, elle s'était livrée à des pratiques solitaires qui étaient devenues pour elle un besoin si tyrannique, qu'elle s'y livrait trois ou quatre fois dans les vingt-quatre heures. Cette habitude avait exalté chez elle au plus haut point le sens génésique.

A l'âge de trente ans, elle avait deux amants.

Au lieu d'attendre leurs caresses, elle n'hésitait pas, très-souvent, à les provoquer. L'orgasme vénérien prenait parfois chez elle une telle intensité, qu'elle pressait son cœur avec les deux mains, disant qu'il allait éclater.

Elle vint me consulter pour des palpitations de cœur qui commençaient à devenir habituelles et à l'inquiéter. La percussion et l'auscultation ne me firent rien découvrir d'organique. Je lui dis que ses palpitations étaient nerveuses et que le meilleur remède était d'éviter les circonstances qui les provoquaient. Mais, l'ardeur de la passion l'entraînant, elle ne suivit pas mon conseil. Les palpitations allèrent en augmentant. Six mois après, je fus appelé chez elle; je la trouvai en proie à une orthopnée effrayante; battements de cœur tumultueux et irréguliers. Une saignée la soulagea immédiatement. Elle avait une atteinte d'endo-péricardite. Un de ses amants, que je rencontrai par hasard, me dit que cette suffocation l'avait prise dans ses bras : il me fit la confidence qu'elle était extrêmement libidineuse.

Une aussi cruelle expérience ne la corrigea pas.

Quoique les battements de cœur et la dyspnée fussent devenus habituels, un irrésistible entraînement la portait toujours à rechercher ces vives sensations qui la tuaient. Comme elle appartenait à une famille dont les principes étaient fort sévères, elle redoutait excessivement une grossesse et faisait à ses amants les plus pressantes recommandations pour qu'ils s'en tinssent aux fraudes les plus scrupuleuses. Il en résultait que ses rapports avec eux ne consistaient que dans des artifices de tous genres, destinés à augmenter et prolonger cet orgasme vénérien, ces spasmes cyniques dont le retentissement sur le cœur lui était si funeste.

On vint un jour me dire de courir à son secours, qu'elle était mourante ; je la trouvai sans connaissance : tout un côté était privé de mouvement et de sensibilité. Les désordres du cœur avaient gêné la circulation cérébrale au point de déterminer une hémorrhagie. Elle succomba le lendemain.

*Observation LXXX.* — Fille de quarante-huit ans.

Elle avait mené une vie fort galante, ayant quelquefois plusieurs amants fraudeurs. Elle m'a confessé que, dès sa jeunesse, l'orgasme vénérien provoquait en elle une si vive surexcitation du cœur que, longtemps même après l'acte accompli, elle avait remarqué une telle fréquence de son pouls, qu'il lui était impossible de le compter.

Je l'ai vue mourir d'une affection organique du cœur.

*Observation LXXXI.* — Femme de trente-quatre ans.

Mariée depuis seize ans ; un enfant au début ; puis, fraudes non interrompues.

Elle se plaint de ce qu'elle ne peut sentir les approches de son mari sans éprouver aussitôt un battement de cœur très-pénible et des vertiges. Elle éprouve aussi des douleurs habituelles dans l'hypogastre et les lombes. Je ne trouve rien au cœur ; mais, voulant porter mon exploration vers le bas-ventre, aussitôt que je presse un peu cette région, la malade est prise d'une palpitation violente et de vertiges très-pénibles, tant les impressions que perçoit l'appareil génital, fatigué

par quinze ans de fraudes, retentissent rapidement vers l'organe central de la circulation.

*Observation LXXXII.* — Jeune homme de
vingt-quatre ans.

Plein d'intelligence et d'avenir, très-ardent par
tempérament, il avait eu le malheur de se lier
avec une fille plus passionnée que lui. Il éprouvait de telles palpitations, après avoir eu des rapports frauduleux avec elle, que j'ai été appelé un
jour pour le voir en cet état. Il était blême : une
sueur froide ruisselait sur son visage; le pouls
n'offrait plus qu'un frémissement si désordonné
qu'il était impossible de saisir une seule pul-
sation.

Je conseillai aux amants de se séparer. Mais ils
n'en eurent pas le courage. La maladie du cœur
força bientôt le jeune homme à prendre le lit, où
il a traîné longtemps et fini par mourir dans l'orthopnée et l'anasarque.

*Observation LXXXIII.* — Un ancien militaire, malgré soixante ans accomplis, continuait
à satisfaire ses goûts de débauche.

Il vient me consulter pour de la dyspnée, accompagnée de battements de cœur qui se font sentir surtout après le coït. Il a une servante-maîtresse avec laquelle il fraude depuis longtemps.

Je constate chez lui une hypertrophie du cœur déjà avancée et, connaissant ses habitudes, je lui défends tout rapport sexuel. — Vous avez bien raison, docteur, me dit-il, chaque fois que je *vois* une femme, mes palpitations redoublent au point de me suffoquer; mais, s'il faut vivre sans femme, j'aime autant mourir.

Peu de jours après, on entend une détonation dans l'intérieur de son logis; on accourt, il venait de se brûler la cervelle. Comme il respirait encore, on m'appelle. Je le trouve mort à mon arrivée. Un de ses amis me raconte que la fille avec laquelle il assouvissait sa passion surannée lui a fait l'aveu que, peu d'instants avant le suicide, il avait eu la velléité de la caresser, mais qu'une forte palpitation l'ayant empêché de se satisfaire, il était sorti de sa chambre désespéré : peu d'instants après, la fatale détonation était venue frapper ses oreilles.

### § III. — Système respiratoire.

Les jouissances de l'amour portent vivement le sang vers les poumons.

*Observation LXXXIV.* — Homme extrêmement ardent, issu d'un père et d'une mère asthmatiques, déjà emphysémateux lui-même à trente-cinq ans.

Après chaque nuit de débauche, il sentait son oppression habituelle s'exaspérer à un haut degré, arriver même à la suffocation. Ses parents, qui avaient vécu sages, sont parvenus à quatre-vingts ans. Il est mort à quarante-cinq ans, d'une congestion pulmonaire, après un voyage fait avec une de ses maîtresses qu'il énervait tellement par ses manœuvres frauduleuses, que je l'ai soignée longtemps pour des accidents névropathiques dont sa santé avait beaucoup à souffrir.

*Observation LXXXV.* — Jeune homme de vingt-deux ans.

Issu de parents non phthisiques.

Pendant une nuit de carnaval, durant laquelle

il a plusieurs rapports frauduleux avec sa maîtresse, tout à coup, pendant le coït, suffocation,
quinte de toux brusque ; le sang jaillit de sa
bouche ; la figure de sa maîtresse en est toute
maculée.

Il ne s'est jamais remis de cette hémoptysie et
il est mort poitrinaire après avoir langui deux ou
trois ans.

*Observation LXXXVI.* — Homme d'une
force herculéenne ; ancien militaire ; cinquante-
deux ans.

**Toux**, dyspnée, fièvre. Comptant sur sa robuste
constitution, il n'y fait pas d'abord une attention
sérieuse. Enfin, il est obligé de garder le lit. Je suis
appelé à l'examiner et le trouve phthisique. Il
était soigné par une jeune fille d'une puissante
organisation, avec laquelle il vivait maritalement
depuis quelques années, mais en se gardant bien
de lui faire des enfants. Quand le mal fut arrivé
à sa dernière période, bien des fois, se sentant
mourir, il m'a répété, en me désignant sa cham-
brière : *C'est elle qui m'a tué !*

Les phthisiques ont une fièvre habituelle qui

7.

fait courir du feu dans leurs veines. Il en résulte une excitation générale dont l'influence sur les organes génitaux avive en eux, au plus haut point, les appétits vénériens (1). Cet éréthisme se montre même dans le premier degré de la tuberculose pulmonaire.

Il m'est arrivé plusieurs fois d'apprendre que telle personne qui m'avait consulté, et que j'avais trouvée phthisique au premier degré, venait de se marier.

*Observation LXXXVII.* — Homme de quarante ans, dont la sœur était morte phthisique deux ans auparavant.

En examinant sa poitrine, je trouve des signes de tubercules crus et même un peu ramollis, au sommet des deux poumons.

Trois jours après on me dit qu'il vient d'épouser une jeune fille. Il y avait six semaines environ qu'il était marié, lorsque je le vis au lit avec la fièvre; le sommet des poumons se décompose; gargouillement de toutes parts; le mal prend

(1) Foussagrives, *Thérapeutique de la phthisie pulmonaire.* Paris, 1866.

des allures galopantes, bientôt il est au dernier degré. Huit jours avant sa mort, sa femme me demandait encore s'il n'était pas dangereux pour elle de subir ses caresses, parce qu'il était toujours empressé de l'en gratifier et qu'elle ne s'y soumettait qu'avec la plus grande crainte et le plus profond dégoût.

*Observation LXXXVIII.* — Un ami vient me consulter pour savoir s'il peut se marier, malgré une toux qu'il éprouve depuis quelque temps.

Je trouve de la submatité au sommet des poumons, un souffle rude, et je me contente, pour ne pas jeter des idées trop sinistres dans son esprit, de lui dire qu'il doit ajourner ses projets de mariage, jusqu'à ce que la toux soit passée ; mais peu de temps après, on m'annonce qu'il va prendre femme. Sept mois après son mariage, je suis appelé près de lui : ses poumons étaient en pleine décomposition. Il me confesse humblement qu'il n'a pas assez tenu compte de mes avis. Mais, disait-il, j'étais entraîné par la passion et je ne pouvais croire qu'un homme, sérieusement malade, pût éprouver des ardeurs pareilles. Il avait fraudé avec sa jeune femme et n'avait point connu de mesure dans ses rapports conjugaux.

Un an après sa mort, sa veuve prend un se-cond époux, à ma grande surprise, car j'avais plusieurs fois entendu sortir de sa poitrine une toux fort suspecte. Ses pommettes s'allumaient d'une rougeur fébrile; elle avait le sang brûlé par la même fièvre qui avait dévoré son premier mari. Le second était fraudeur comme le pre-mier. Elle meurt dix mois après son mariage.

J'ai connu des femmes frêles qui étaient prises d'hémoptysie fréquemment après des approches frauduleuses dont la durée s'était prolongée et avait congestionné fortement les poumons. Plu-sieurs même se sont quelquefois trouvées dans la nécessité d'interrompre brusquement les rap-ports sexuels, parce qu'une suffocation, suivie de quintes de toux violentes, faisait bouillonner le sang hors de la poitrine.

*Observation LXXXIX.* — Jeune et jolie femme de vingt-quatre ans.

Mariée depuis trois ans, sans enfants, elle appartient à un de ces industriels nomades qui errent de ville en ville.

Appelé près d'elle, je lui trouve une phthisie passant du premier au deuxième degré. Voyant de quelle admirable organisation la nature l'avait douée, je lui demande, en présence de son mari, comment il se fait qu'elle n'ait pas eu d'enfants ; j'ajoute que sa santé se serait probablement bien trouvée d'une ou deux grossesses. Elle garde le silence, baisse les yeux, et je crois même avoir vu une larme glisser sur sa paupière. Le mari, gros homme joufflu, à figure commune et ne respirant que le plus bas égoïsme, se hâte de prendre la parole pour me jeter à la tête cette ignoble réponse : *Ah! Monsieur, vous ne savez donc pas que, dans la vie, les enfants ne servent que d'embarras?* A ces mots, la malade éclata en sanglots : l'émotion la suffoquait ; elle fut prise d'un accès de toux si fort qu'elle se mit à cracher le sang à pleine bouche.

### § IV. — Système digestif.

L'estomac est peut-être, de tous les organes, celui qui entretient, avec l'appareil génital, le sympathies les plus étroites. La vitalité des organes générateurs puise son aliment dans une bonne nutrition : « absque Cerere, friget Venus (1). » Il n'est pas surprenant que tous les désordres que provoquent les fraudes vers les organes de reproduction agissent sur l'estomac par un retentissement douloureux. C'est dans de pareilles conditions qu'on voit arriver les gastralgies les plus douloureuses, les névroses de l'estomac les plus variées.

*Observation XC.* — Femme de trente-deux ans.

Séparée de son mari depuis longtemps, elle l'a remplacé par des amants fraudeurs.

Femme très-nerveuse, brune, fort passionnée, affectée même d'hystéricisme ; face maigre, pâle, au milieu de laquelle brillent deux yeux noirs d'où jaillissent des rayons de flamme. Elle avait l'estomac tellement agacé, surtout après ses nuits de débauche, qu'il fallait, pour l'apaiser, qu'elle mangeât continuellement. Un jour elle fut prise de coliques, au milieu desquelles son estomac

(1) *L'École de Salerne.* Trad. Meaux Saint-Marc. Paris, 1861.

jeta un grand nombre d'ascarides. Je lui fis prendre des vermifuges qui expulsèrent une quantité incroyable de ces hôtes importuns.

*Observation XCI.* — Deux époux viennent étaler sous mes yeux leur face pâle, amaigrie.

La femme se plaint d'une gastralgie très-douloureuse (Obs. X).

Le mari accuse toutes sortes d'accidents qui peuvent se résumer en une hypocondrie fort pénible.

Ils se plaignent l'un et l'autre de mener une vie misérable. Tout jeunes encore : le mari, trente ans ; la femme, vingt-six. Mariés il y a dix ans, ils ont eu deux enfants très-promptement ; plus tard, ils ont mis en usage les stratagèmes frauduleux : très-passionnés l'un et l'autre, ils en ont usé sans mesure. Mais il est une circonstance que je dois signaler pour faire voir comment les médecins peuvent être trompés par les réponses mensongères de leurs clients, sur les lèvres desquels la honte retient de pénibles aveux.

A la première question relative aux fraudes que j'adressai au mari, celui-ci ayant répondu, sans hésiter, négativement, et se défendant même assez vivement contre un pareil soupçon, la femme, irritée, lui jeta ces deux mots à la face : *Tu mens!* Alors elle déclara que j'avais mis le doigt sur la plaie et qu'elle s'apercevait depuis longtemps qu'elle souffrait de l'estomac, principalement après les fraudes.

J'ordonnai donc une grossesse, et, plus tard, l'abstinence, quand la femme serait fécondée. Huit mois après je rencontrai les deux époux : ils se portaient bien tous deux; leur physionomie avait tout à fait changé : le ventre de la femme s'arrondissait sous l'influence d'une grossesse qui approchait de son terme.

Le médecin doit donc se défier beaucoup des affirmations sorties de la bouche des maris. Ils sont disposés à nier, parce que, dans l'exercice des fraudes, ils sont ordinairement les plus coupables.

La fatigue et les souffrances de l'utérus ébranlent si facilement l'estomac que j'ai vu des femmes chez qui la moindre pression sur l'hypogastre provoquait des nausées et des efforts de vomissement.

Quelquefois il n'est pas besoin que les rapprochements frauduleux soient fréquents pour déterminer des accidents si pénibles qu'on est obligé de consulter le médecin.

*Observation XCII.* — **Deux** jeunes époux viennent se plaindre de dérangements nombreux dans leur santé.

Mariés depuis huit mois, pas d'enfant. Le mari n'accuse qu'une gastralgie assez forte. Mais la femme se plaint d'une leucorrhée abondante qui l'énerve, d'une chaleur hypogastrique telle qu'il lui semble avoir du feu dans le ventre; digestions pénibles, vomissements fréquents après les repas. Ce qui inquiète le plus ces époux, ce sont les dérangements d'estomac. Ils me déclarent que, s'ils n'ont pas d'enfant, c'est que, tout en usant très-modérément des plaisirs de l'amour, *ils ont fait tout ce qu'ils ont pu* pour n'en point avoir.

Je les engage à se réformer sur ce point, leur promettant que, quand ils auraient de la progéniture, déjà même quand la femme serait grosse, leur digestion se ferait mieux.

En effet, l'année suivante, je les vis bien portants à côté d'un berceau, et ils me remercièrent avec effusion du bon avis que je leur avais donné.

Les fonctions de l'estomac se trouvant fréquemment perverties par les fraudes génésiques, il en résulte que, chez les sujets où ces accidents se montrent, les fonctions de nutrition languissent, l'embonpoint disparaît, un anneau de bistre cercle les yeux qui se creusent, les formes arrondies de la jeunesse font place à la maigreur d'une vieillesse anticipée.

J'ai soigné des filles que des amants fraudeurs avaient ainsi flétries prématurément.

*Observation XCIII.* — Une jeune fille, jusqu'à quarante et un ans, avait mené cette vie dissolue : elle l'avait émaciée au point qu'elle n'avait plus que la peau sur le squelette. A cet âge avancé, son amant s'oublie un jour; elle devient enceinte. Sous l'influence de la grossesse, elle reprend de la fraîcheur et de l'embonpoint.

*Observation XCIV.* — J'ai donné mes soins à deux hommes que les excès frauduleux avaient réduits à un grand état d'épuisement, sans qu'aucune fonction essentielle fût spécialement troublée. C'était vraiment la nutrition qui souffrait seule. Ils accusaient un sentiment de vide dans le thorax et tout le corps; les sécrétions ordinaires se faisaient mal; telle sueur qui était utile à leur santé s'était supprimée. Ils mangeaient démesurément pour remplir ce vide qui leur était fort pénible; et puis, après les repas, tension d'estomac qui leur inspirait les idées les plus sombres : ils étaient hypocondriaques, mélancoliques, malheureux.

# CHAPITRE II

## Fraudes indirectes.

Jusqu'ici tous les faits que j'ai exposés se rapportaient au genre de fraudes auquel j'ai donné le nom de fraudes *directes;* elles sont bien distinctes de celles dont je vais parler et que j'ai désignées sous le nom de fraudes *indirectes.*

Celles-ci se pratiquent de deux manières principales.

Ou bien, le rapprochement des sexes est complet, normal, mais, par l'effet de circonstances particulières, commé l'emploi d'un condom, la ménopause, une stérilité irrémédiable, la menstruation, la grossesse et l'allaitement, le coït vulvaire, l'inertie et la froideur de la femme, la fécondation est impossible.

Ou bien, les rapports des deux sexes ont lieu par des voies irrégulières, à l'aide d'une souillure manuelle et réciproque, *manûs stuprum,* par l'application de la langue et des lèvres, par l'éréthisme du sens génésique sans contact immédiat, par le coït *in vase indebito* (bouche, anus.)

## ARTICLE PREMIER

### COÏT AVEC LE CONDOM

Un procédé très-répandu parmi les hommes de débauche, pour satisfaire leurs penchants sans se donner l'embarras d'une grossesse, consiste dans l'emploi du condom.

Mais ce moyen n'offre pas une garantie bien certaine, comme le démontre l'exemple que j'ai rapporté (Observation LX) et qui a été sur le point d'entraîner de si terribles conséquences.

## ARTICLE II

### COÏT APRÈS LA MÉNOPAUSE

On doit regarder comme des fraudes, c'est-à-dire comme un fonctionnement contre nature des organes génitaux, les rapports sexuels avec des femmes qui ont passé l'âge critique.

La nature leur prescrit la cessation des fonctions sexuelles en mettant un terme à la menstruation (1).

*Observation XCV.* — Femme de soixante-six ans.

Mari mort depuis un an et ayant eu des rapports assez fréquents avec sa femme jusqu'à la maladie qui l'a rendue veuve. Dans les derniers temps, ils étaient devenus plus douloureux que précédemment.

Depuis la mort de son mari, elle a éprouvé des démangeaisons, puis des douleurs intolérables dans la vulve ; suintement séreux et sanguinolent. Squirre occupant tout l'intérieur de la vulve et une partie des grandes lèvres. J'excise tous les tissus malades et seulement suspects : cicatrisation prompte, l'opérée reprend ses occupations.

Mais, cinq ou six mois après, le mal reparaît dans le vagin, l'envahit rapidement, le rétrécit au point qu'il n'est plus possible de sentir le col utérin. Mort au milieu de cruelles souffrances.

(1) Raciborski, *Traité de la menstruation*. Paris, 1868.

*Observation XCVI.* — Femme de cinquante-quatre ans.

Squirre ayant envahi la moitié de la vulve. J'ai
été plus heureux que dans le cas précédent.
L'excision n'a pas été suivie de récidive.

Cette malade, de même que la précédente,
attribuait sa maladie aux approches trop fréquentes de son mari qui, malgré ses cinquante-
huit ans, offrait une vigueur et une santé remar-
quables.

*Observation XCVII.* — Femme de cinquante ans.

Squirre de la vulve que la malade refuse de
laisser enlever : il gagne la vessie et le rectum et
fait mourir dans une situation affreuse. Cette
femme, dans ses moments de vive douleur, ne
craignait pas, en présence d'étrangers, de lancer
à son mari les plus dures imprécations, comme
étant l'auteur de ses maux.

Les dégénérescences de l'appareil générateur,
chez la femme qui a franchi la ménopause, arri-

vent encore plus souvent quand le mari ou l'amant sont beaucoup plus jeunes qu'elle, c'est-à-dire lorsqu'une femme, pour qui la transformation de l'âge critique aurait dû être un salutaire aver- tissement, a l'imprudence de se livrer encore aux étreintes lascives d'un homme qu'entraîne une passion désordonnée ou un abominable calcul.

*Observation XCVIII.* — Femme de cin- quante-quatre ans.

Age critique à cinquante et un ans.

Mariée depuis trois ans, avec un ancien mili- taire qui a dix ans de moins qu'elle.

Squirre utérin très-douloureux, ayant gagné le vagin, qui est tout ratatiné et rétréci.

Elle dit que son mari *était trop jeune pour elle et qu'il lui a fait souffrir le martyre.*

*Observation XCIX.* — Femme de soixante- deux ans.

Après avoir eu, avant son mariage, des rapports frauduleux et fréquents avec des amants, elle épouse, à cinquante-six ans, quatre ans après la ménopause, par calcul, pour éviter de payer un domestique, un homme de quarante ans, si vigoureux et si salace que, pendant qu'il *voyait* sa femme assez souvent, j'ai soigné successivement plusieurs filles, qu'il avait prises à son service, pour des métrites subaiguës avec leucorrhée abondante résultant d'un régime très-échauffant auquel il les soumettait dans le dessein de leur embraser le sang, et des rapports frauduleux qu'il avait souvent avec elles.

A soixante ans, la femme débuta par des métrorrhagies légères. Le mal fit des progrès lents ; elle souffrait peu, et la matrice, la vessie et le rectum se transformèrent graduellement en un cloaque affreux sans qu'elle éprouvât des douleurs vives. L'accident qui la tourmenta le plus fut l'incontinence d'urine qui dura les huit derniers mois de sa triste existence.

Après la mort de sa femme, le mari en épousa une jeune à sentiments délicats, qui ne tarda pas à venir me consulter pour des accidents utérins résultant des manœuvres frauduleuses de son mari. La conduite de cet homme à son égard lui avait inspiré un profond dégoût. Elle finit par mourir d'une fièvre typhoïde à forme ataxique.

*Observation C.* — Femme de cinquante-quatre ans, très-forte et belle villageoise.

Mari beaucoup plus jeune, très-vif, très-ardent.

Après sa dernière couche, à quarante-quatre ans, la femme avait éprouvé une très-forte irritation du col de la vessie ; ténesme vésical ; pendant près d'un an, miction douloureuse.

Age critique à quarante-neuf ans. Le mari continue à voir sa femme de temps en temps, quoique, chaque fois, elle éprouve une douleur sourde au col de la vessie qui provoque un besoin pressant d'uriner.

A cinquante-trois ans, les douleurs vésicales sont si vives qu'elle ne peut plus supporter les approches de son mari. Bientôt, elle ne peut quitter le lit. Chaque fois que l'émission des urines est indispensable, elle pousse des cris qui, la nuit, éveillent les voisins.

Le toucher rencontre une dureté très-étendue en avant du col utérin, au point correspondant au col vésical ; la moitié de l'urètre y participe.

Cette femme succombe assez rapidement, plutôt à l'acuité des douleurs, à l'épuisement nerveux qui en est la conséquence, qu'aux ravages causés dans les tissus organiques par la maladie locale.

J'ai raconté (Observ. XL), la fin malheureuse de la première femme d'un homme fraudeur, qui, plus tard, ne tarda pas à mettre un terme à son veuvage. Voici comment finit la seconde :

*Observation CI.* — Femme de cinquante ans.

Elle est bien conservée, quoique son âge critique soit passé depuis trois ou quatre ans. Elle est d'un tempérament très-froid.

Son mari la fatiguait tellement qu'elle le quitta ; mais il la força à rentrer sous le toit conjugal. Alors cette femme perd la tête. Elle vient me demander si elle ne pourrait pas faire poursuivre son mari pour l'avoir empoisonnée en mettant, dans ses aliments et ses boissons, du phosphore, dans le but d'exciter, chez elle, les *appétits de la chair ;* on lui a dit que les libertins employaient ainsi le phosphore. Son air de

santé contredit tout à fait ses soupçons, mais je
ne peux la dissuader de son empoisonnement;
elle vient souvent m'entretenir des mille sensations que lui produit le phosphore en circulant
dans ses veines; elle a les plus étranges halluci-
nations du sens génital. Son existence est très-
malheureuse; je la rencontre dans les rues, er-
rant, l'œil terne et hagard, sans savoir où elle
va, toujours sous le poids de ses sombres pensées.

Après tous les faits que je viens de citer et
qui montrent tant de malheureuses femmes victimes de la lubricité de l'homme, on serait disposé à lancer à la tête de ce dernier une accusation de cruauté qui paraît bien méritée. Mais,
souvent, l'homme n'est pas aussi coupable qu'on
pourrait le croire. Il répugne beaucoup à la plupart des femmes de repousser les caresses de
l'homme qu'elles possèdent. Elles aiment mieux
souffrir en silence, dévorer leurs douleurs, que
de s'exposer à voir cet homme rechercher des
relations avec d'autres femmes. C'est ainsi que
j'ai vu s'aggraver fréquemment les maladies uté-

rines. La jalousie, ou la crainte qu'une infidélité entraîne l'homme dans d'autres désordres,
plus graves encore, faisait que la femme dissi-
mulait ses souffrances. C'est donc au médecin à
adresser lui-même au mari les recommandations
nécessaires. C'est ce que j'ai fait avec un plein
succès dans un cas qui s'est présenté à moi der-
nièrement.

*Observation CII.* — Femme de quarante-six
ans.

Cinq enfants. Viduité depuis douze ans, conséquence de fraudes. Ménopause il y a un an.

Mari de cinquante-deux ans, encore très-vert,
*trop vert pour elle :* ce sont ses propres paroles,
se plaint de grands dérangements d'estomac, surtout quand elle voit son mari ; cela lui cause des
maux de cœur, des vomissements, des coliques
d'intestins. Elle vient me prier de dire à son mari
de s'abstenir, car elle sent que sa santé n'y tiendra pas.

J'ai fait au mari mes recommandations ; il les
a suivies et la santé de sa femme s'est promptement rétablie.

8.

*Observation CIII.* — Femme de cinquante-neuf ans.

Elle a épousé son beau-frère, veuf depuis quinze mois, parce que, quoiqu'il ait soixante-cinq ans, elle craint qu'il ne déshonore la mémoire de sa sœur en se livrant au libertinage. C'est un petit vieillard très-vif, fort lubrique, et qui l'a tellement échauffée par ses tentatives de déflora-tion, qu'elle a une vulvite intense. Ce mari n'a ja-mais pu pénétrer, par l'effet de la résistance de la membrane hymen, dont les progrès de l'âge avaient augmenté la rigidité.

Un âge très-avancé ne met pas la femme à l'abri des maladies qui sembleraient ne devoir être observées que dans la jeunesse. Il faut que le médecin soit toujours en éveil de ce côté.

*Observation CIV.* — Femme de soixante et un ans.

Elle est bien conservée.

Son mari, du même âge, est bien vigoureux encore, et son amant a quarante-huit ans.

Elle me consulte pour une leucorrhée ver-

dâtre, abondante, poisseuse ; ténesme vésical ;
rien d'organique à l'utérus. Elle commence par
me déclarer, sans même que je lui eusse adressé
la moindre question ayant trait à cet objet, *que
ce ne peut être du mauvais mal : vous compre-
nez,* dit-elle, *à mon âge, ce n'est pas possible !*
Elle vit que je me défiais de ses paroles. Alors,
pressée par un interrogatoire un peu vif, elle
m'avoua qu'elle avait eu des rapports avec un
amant et que, sans qu'elle pût deviner pour
quelle maladie il les prenait, elle avait trouvé
une boîte de pilules dans son armoire : je demandai à les voir : c'étaient des capsules de copahu.


## ARTICLE III


### COÏT AVEC DES FEMMES STÉRILES


Lorsque les femmes sont affectées de quelque
cause de stérilité, les excès de coït peuvent entraîner des accidents plus ou moins graves. Si
l'homme est ardent, il les fatigue outre mesure
et, insensiblement, les organes surexcités s'en-

flamment ; on voit arriver des métrites qui, dans le cas d'une stérilité primitivement curable, peuvent rendre celle-ci définitive.

*Observation CV.* — Jeune femme.

Mariée depuis un an avec un homme ardent et non fraudeur.

Stérilité, métrite aigüe. Au toucher, je fus frappé de l'étroitesse du méat utérin.

Quand elle fut guérie, j'y introduisis un cône d'éponge préparée. L'ouverture se dilata et la conception eut lieu peu de temps après.

*Observation CVI.* — Une de ses parentes, qui avait eu les mêmes accidents à plusieurs reprises, encouragée par son exemple et affligée de sa stérilité, voulut subir le même traitement, parce qu'elle présentait aussi un col très-étroit. Mais, cette fois, la dilatation n'eut aucun succès. Sans doute, les atteintes répétées de métrite avaient modifié gravement l'appareil utérin, obstrué peut-être les trompes de Fallope, de manière à rendre la fécondation impossible.

Je pourrais citer plusieurs autres cas de stérilité dépendant d'une fausse position de la matrice, commençant à éveiller des désordres sérieux du côté de cet organe, et qui ont disparu, avec la stérilité qui en était la conséquence, par l'application de conseils appropriés au genre particulier de déviation, lorsque les accidents causés par des rapprochements sexuels infructueux et trop fréquents n'avaient pas altéré trop profondément la texture des organes.

Ces exemples démontrent que, dans les cas où une jeune femme ne devient pas enceinte assez promptement, il ne faut pas compter sur le temps, et s'endormir dans une sécurité perfide ; au lieu de fatiguer les organes par un exercice démesuré et dangereux, il faut, de bonne heure, faire constater par un médecin les causes de la stérilité (1).

Mais si l'infécondité dépend d'une cause qu'il soit impossible de supprimer et que les femmes, abusant de cette position qui les délivre de la

(1) Voyez Roubaud, *Traité de l'impuissance et de la stérilité*. Paris, 1855, in-8.

crainte d'une grossesse, s'abandonnent au débordement de leurs passions, il peut en résulter les accidents les plus sérieux.

*Observation CVII.* — J'ai soigné trois filles qui, par l'effet d'un vice d'organisation congénital, n'avaient jamais été réglées. Elles étaient âgées de vingt à vingt-cinq ans à l'époque où j'ai pu les observer. Aucune d'elles ne présentait, dans la partie de l'appareil génital accessible à mon examen, de vice organique appréciable; c'était plus haut que se trouvait la cause de leur infirmité. Malgré cette disposition normale, elles se portaient bien, conservaient même un air de santé assez prospère, à la faveur de saignées assez fréquentes que je leur pratiquais.

Deux de ces filles, d'un tempérament froid, vivaient sagement.

La troisième, la plus forte des trois, était très-passionnée. Avec ses goûts de libertinage, elle envisageait sa position comme une sorte de privilége dont elle abusait pour mener une conduite effrénée. Elle avait toujours plusieurs amants et

se montrait, avec eux, lascive au plus haut degré.
Après plusieurs nuits de débauche, elle fut prise
d'une colique affreuse, suivie d'un frisson violent. Je la trouvai avec une sueur froide, une face
décomposée ; pouls misérable, à 150 ; son ventre
avait gonflé tout à coup au milieu de coliques et
de douleurs qui ressemblaient à un déchirement.
Je trouve dans le bas-ventre, plus d'un côté que
de l'autre, une tumeur grosse comme une tête
d'enfant naissant, très-sensible à la pression.
L'état de la malade inspire pendant quelques
jours les plus vives inquiétudes ; plusieurs fois
on croit qu'elle va expirer ; des symptômes de
péritonite générale avaient éclaté. Néanmoins, un
traitement antiphlogistique très – actif modifie
l'ensemble des accidents, et, après une longue
convalescence, cette fille recouvre la santé. La
tumeur diminue insensiblement et disparaît tout
à fait. De quelle nature était-elle ? Ce devait être
une hématocèle. La surexcitation extrême de l'appareil utérin, suscitée par une vie de débauche
continuelle, sans que le vœu de la nature dans le
rapprochement des sexes fût jamais rempli, chez

une fille excessivement lubrique, avait congestionné ces organes à un tel point que quelques
gros vaisseaux s'étaient brusquement rompus ; de
là une hémorrhagie qui, au lieu de s'écouler par
les voies naturelles, s'était colligée en foyer.

D'autres fois, la stérilité dépend des ovaires,
soit par l'altération qu'ont subie les organes, soit
par le déplacement de l'utérus que détermine le
développement des grosseurs ovariques. J'ai traité
un grand nombre de femmes atteintes de métro-
ovarites, compliquées souvent de péritonites, et
qui ne devaient leur maladie qu'à ce qu'un mari
ou un amant débauché, profitant de leur stérilité,
se livraient avec elles à toutes sortes de déborde-
ments, à un coït effréné, sans être retenus par
la crainte de les féconder.

## ARTICLE IV

### COÏT PENDANT LA MENSTRUATION

Souvent des hommes fraudeurs croient pouvoir impunément avoir des rapports complets

durant les règles et fatiguent beaucoup les femmes dans ces moments.

Il en résulte deux inconvénients :

' D'abord, il est des femmes qui peuvent être fécondées malgré la menstruation : alors le mari et l'amant, qui ne se croient pas les auteurs de la grossesse, sentent le venin de la jalousie s'infiltrer dans leurs veines.

Ensuite, rien n'est plus commun que de voir des rapprochements sexuels, opérés dans de pareilles conditions, faire naître, chez l'homme, des urétrites, chez la femme, des vaginites et des métrites.

## ARTICLE V

### COÏT PENDANT LA GROSSESSE ET L'ALLAITEMENT

Quand la femme est enceinte, le vœu de la nature est satisfait, le rapprochement des sexes devient inutile. La grossesse et l'allaitement qui en est la conséquence, devraient apporter un apaisement salutaire aux appétits vénériens; autrement, ceux-ci s'exaltent par l'habitude et l'exercice ; ils tombent dans les écarts les plus fâcheux. L'homme

devrait donc imiter les animaux qui, une fois que
la femelle est en état de gestation, ne cherchent
plus à la caresser. Les animaux ne copulent pas
en dehors du rut. Mais, moins raisonnables dans
ce cas que les animaux, beaucoup d'hommes ne
tiennent aucun compte de l'état de grossesse de
leur femme ; au contraire, tel qui y mettait auparavant une certaine réserve, dans le dessein
d'éviter les occasions de grossesse, voyant que
celle-ci est arrivée dans un moment d'oubli, ou
sans qu'il sache bien comment, se livre alors sans
ménagement à ses appétits charnels, à ses goûts
de débauche, n'ayant plus rien à risquer. La matrice, ébranlée par de pareils excès, est fort exposée à être troublée dans son travail de gestation ; le sang y afflue en trop grande abondance ;
de là, des coliques, des hémorrhagies, et, en dernier lieu, un part prématuré (1).

L'homme est donc, sur ce point, moins rai-
sonnable que les bêtes, et c'est avec une ironie
bien fondée que Beaumarchais a mis ces mots

(1) Voyez Bouchut, *Hygiène de la première enfance*, 5ᵉ éd.
Paris, 1866.

dans la bouche d'Antonio : *Faire l'amour en tout temps, c'est ce qui distingue l'homme des autres bêtes.*

On cite, à ce propos, l'exemple de Dionis, dont la femme eut vingt enfants, et qui se vantait de n'avoir pas cessé de la fréquenter durant ses grossesses.

Mais ce n'est à mes yeux qu'une exception, et je trouve beaucoup plus sage le précepte qu'a formulé ainsi un médecin poëte :

> Pour conserver le fruit de vos chastes plaisirs,
> Réprimez désormais vos amoureux désirs ;
> Au feu qui vit en vous un autre feu peut nuire,
> Et ce qu'amour a fait, amour peut le détruire.

Je suis embarrassé dans le choix des exemples que j'aurais à citer de fausses couches ou d'avortements qui dérivaient de la source que je viens de signaler.

*Observation CVIII.* — Femme de vingt-six ans.

Appelé près d'elle, je la trouve enceinte de quatre à cinq mois.

Ayant déjà fait deux enfants.

Perte abondante ; coliques ; fausse couche dans la nuit.

Interrogée sur les causes de cet accident, elle affirme qu'il ne lui est rien arrivé d'extraordinaire, qu'elle ne sait à quoi attribuer son accident. Mais une de ses voisines, qui avait entendu sa réponse, m'ayant pris à part, me dit que la fausse couche pouvait bien avoir été occasionnée par cette circonstance, que la malade était très-passionnée et recherchait continuellement les caresses de son mari.

Quelquefois, les fâcheux effets des approches intempestives durant la grossesse ne se font sentir qu'après l'accouchement.

*Observation CIX.* — Femme de vingt-huit ans.

Elle éprouvait, durant les derniers mois d'une première grossesse, une sorte de nymphomanie qui la portait à désirer sans cesse les approches de son mari. Elle n'avait jamais rien ressenti de pareil, et ce fait lui paraissait si étrange que, se voyant pâlir et dépérir, elle vint me consulter et me fit l'aveu de sa passion.

Elle accoucha peu de jours après, un mois avant terme.

Après l'accouchement, qui fut très-facile, métrorrhagie tellement forte qu'elle la conduisit aux portes du tombeau. Elle me dit qu'elle avait été bien malheureuse d'éprouver, dans les derniers temps de sa grossesse, ce singulier penchant qu'elle m'avait accusé. Elle était convaincue qu'elle avait attiré trop vivement le sang vers la matrice et que la fausse couche, ainsi que la perte, en avait été la conséquence.

## ARTICLE VI

### COÏT VULVAIRE

Beaucoup de maris et d'amants, par la crainte d'une grossesse, se contentent de rapprochements incomplets, sans pénétration.

J'ai déjà cité un fait qui prouve le danger de ce genre de rapports, puisqu'ils ne préservent pas sûrement de la grossesse (voir Obs. LVI, LVII et LVIII). Mais ces manœuvres, quoique fort restreintes, présentent la plupart des autres inconvénients résultant des fraudes avec pénétration. Elles surexcitent vivement le système nerveux et engendrent des névropathies.

*Observation CX.* — Petite femme de vingt-cinq ans.

Maigre, chétive, très-gastralgique et névropathique; stérile.

Elle me dit que son mari a un pénis si volumineux et qu'elle est, de son côté, si étroite que jamais elle n'a eu le courage de le laisser pénétrer, tant ses tentatives la faisaient souffrir. Forcé de rester à l'entrée, il se livre à des manœuvres qui lui agacent horriblement les nerfs. Elle me dit qu'elle a un écoulement blanc fort abondant, que son estomac se perd, etc. Elle était désolée. Plus tard, elle a été obligée de quitter son mari.

*Observation CXI.* — Fille de trente-trois ans.

Elle est au service d'un célibataire; homme dissolu, poursuivi de pensées obscènes, et devenu paraplégique après une chute sur les reins.

N'étant pas capable d'une érection suffisante

pour pénétrer, il se livre à toutes sortes de tentatives à l'entrée des parties génitales et fatigue cette fille au point que sa santé se dérange et qu'elle vient me consulter.

Plus tard, j'ai été appelé par la justice à faire l'autopsie de cet homme qui avait succombé si rapidement et au milieu d'accidents tels que des soupçons s'étaient élevés sur les causes de sa mort.

Je trouvai des traces de cantharides en poudre très-fine dans son estomac.

Sa servante fut incarcérée préventivement. Elle raconta que cet homme, ayant lu dans un livre que les cantharides, selon l'expression d'A. Paré (1), *excitaient au déduit vénérique*, l'avait envoyée en acheter, sous prétexte qu'il voulait en saupoudrer un emplâtre de poix destiné à être appliqué sur les reins pour des douleurs de lumbago. Elle était loin, dit-elle, de se douter de l'usage qu'il en voulait faire. Sa version ne dissipa point les soupçons qui planaient sur elle, mais, aucune preuve ne venant les confirmer, la justice lui rendit la liberté.

(1) A. Paré, *Œuvres complètes*, édition J.-F. Malgaigne. Paris, 1840.

## ARTICLE VII

### EMPLOI RÉCIPROQUE DU MANUS STUPRUM

*Observation CXII.* — Femme de trente ans : Maigre, profondément gastralgique et névropathique.

Mariée à dix-neuf ans ; un enfant au début, quoique son mari fraudât, ne voulant pas avoir d'enfant avant un certain âge.

Attribuant cette grossesse inattendue à ce que la fraude avec rapprochement des organes génitaux n'est pas sûre, il n'a plus voulu user de ce moyen ; mais, très-lubrique de sa nature, il a exercé sur sa femme, avec les doigts, des manœuvres si fréquentes et si variées, qu'il a fini par déterminer chez elle un éréthisme nerveux poussé jusqu'à la névropathie générale la plus douloureuse.

Quant à lui, lorsqu'il s'était surexcité par le spectacle de l'orgasme vénérien poussé, chez sa femme, aux dernières limites, il se satisfaisait tout seul ou exigeait d'elle qu'elle lui rendît cet ignoble service.

La santé de cette femme était profondément altérée, et ses souffrances avaient si bien leur source dans les goûts dépravés de son époux que celui-ci, ayant été obligé, pour ses affaires, de s'éloigner d'elle pendant quelques mois, son embonpoint et ses forces revinrent très-rapidement.

## ARTICLE VIII

### APPLICATION DE LA LANGUE ET DES LÈVRES

Au lieu d'une pollution manuelle, certains hommes, dans le but de provoquer un orgasme vénérien très-intense chez la femme, recourent à une excitation déterminée par l'application de l'extrémité de la langue et des lèvres (1).

J'ai vu ce genre de fraudes produire chez les femmes une très-grande énervation.

*Observation CXIII.* — Jeune femme de dix-huit ans.

Mariée à seize ans et ayant eu tout de suite

(1) Voyez Tardieu, *Étude médico-légale sur les attentats aux mœurs*, 5e édition. Paris, 1866.

9.

un enfant. Elle était d'une beauté rare, et, quand je la rencontrais avec son enfant sur le bras, elle me faisait rêver aux madones que j'avais admirées dans les musées et les églises d'Italie. Trois ans après son mariage, elle pâlit, se flétrit, comme une fleur dont la racine est atteinte par un ver rongeur. Elle vient me consulter, se plaignant de souffrir partout, quoiqu'elle n'ait de mal bien déterminé nulle part. C'était la gastralgie qui dominait.

Je lui rappelle que je l'ai vue bien belle et d'une santé merveilleuse lorsqu'elle allaitait son enfant, et je lui demande pourquoi elle n'en a pas eu un second. Elle rougit; je lui dis que sans doute son mari fraude, mais qu'il a tort, et qu'une seconde grossesse devient indispensable à sa santé. Elle reste muette et ses réticences me font soupçonner autre chose encore que des fraudes ordinaires. Le même jour, je rencontre une de ses amies intimes et la questionne. Elle me révèle que le mari a la funeste habitude d'appliquer la langue et les lèvres aux organes génitaux de sa femme pour y susciter un orgasme vénérien qui devient tel que cette femme a dit souvent à son amie : *Il m'énerve trop; ma santé n'y tiendra pas.*

Je trouvai moyen de dire au mari qu'une grossesse guérirait sa femme; il suivit mon conseil, et, en effet, la malade, devenue grosse, reconquit bientôt sa fraîcheur, son embonpoint et sa beauté.

### ARTICLE IX

#### ÉRÉTHISME DU SENS GÉNÉSIQUE PAR L'EFFET D'UN CONTACT MÉDIAT

La sensibilité de l'appareil générateur est telle qu'il n'est pas nécessaire que les organes soient en rapport immédiat, d'un sexe à un autre, pour qu'ils entrent dans un état de surexcitation capable de produire la plupart des accidents que j'ai décrits.

*Observation CXIV.* — Lorsque j'étais étudiant en médecine, un de mes amis, d'une nature excessivement sensible et intelligente, logeait dans une maison où se trouvait une jeune fille fort belle dont il était passionnément épris. Il allait chaque jour la voir, faisait de longues séances près d'elle : mais c'était une fille honnête qu'il était obligé de respecter.

A la vue seule de celle qu'il aimait, son sang s'échauffait; il était pris d'un priapisme si violent, qu'un serrement de main, le frôlement seul de sa robe, suffisaient pour déterminer chez lui une éjaculation spontanée. Il s'abandonnait avec frénésie à ce genre de jouissance et se l'accordait souvent plusieurs fois dans la même journée. Sa santé ne put y tenir longtemps.

Il tomba dans un état d'énervation tel qu'il faisait pitié. Il venait à chaque instant me faire ausculter son cœur qui, disait-il, voulait éclater, tant il éprouvait de violentes palpitations. Souvent je l'ai vu fondre en larmes, éclater en sanglots.

J'obtins qu'il changeât de logement et ne revînt plus dans la maison qu'il habitait. Il guérit, mais fort lentement.

*Observation CXV.* — Un confrère, avec qui j'étais intimement lié, m'a fait la confidence d'un état névropathique très-pénible dans lequel il est tombé depuis l'âge de trente-trois ans. Il m'a prié, en même temps, de raconter l'histoire de sa maladie, lorsque j'en aurais l'occasion, afin que son exemple serve de leçon aux médecins encore jeunes que le hasard placerait dans des conditions analogues.

Il eut à soigner, à la même époque, deux filles affectées d'hystérie. Elles appartenaient à des familles qui les avaient élevées dans les principes d'une morale sévère ; elles étaient même très-pieuses, trop peut-être, et je crois que la vie ascétique à laquelle ces jeunes filles se livraient sans modération avait pu contribuer, avec leur tempérament de feu, à développer la maladie.

Pendant leurs attaques d'hystérie, qui étaient très-violentes, il arrivait souvent à ces malades de porter brusquement la main sur les parties génitales, comme si, tout à coup, une douleur vive s'y faisait sentir. Frappée de ce mouvement, leur mère demanda au médecin si elles n'auraient pas quelque maladie ou dérangement de matrice qui en serait la cause, et s'il ne serait pas opportun qu'il s'en assurât.

Le médecin répondit qu'il était prêt à le faire, quand ce ne serait que pour dissiper l'inquiétude maternelle. Il examina donc les jeunes malades. Toutes deux témoignèrent la plus vive sensibilité au contact du doigt explorateur.

Chez l'une d'elles, le médecin trouva le col utérin fort bas, en fit la remarque, et la mère demanda s'il ne serait pas utile de le remonter à sa place. Le médecin introduisit le doigt plus profondément et repoussa la matrice à sa hauteur normale.

A la visite subséquente, la mère annonça que le remplacement de la matrice avait fait le plus grand bien à la malade, mais que celle-ci se plaignait de ce qu'elle était déjà redescendue et qu'elle désirait qu'on s'en assurât. Le médecin le fit et remonta encore l'utérus. Pendant cette petite opération, la malade témoigna encore une vive impressionnabilité.

Quand le médecin eut retiré son doigt, elle

s'écria que la matrice redescendait déjà, qu'il fallait la remettre encore. Le médecin recommença donc; mais, cette fois, la malade le supplia de laisser son doigt pour empêcher la matrice de redescendre, jusqu'à ce qu'elle sentît qu'elle fût solidement à sa place. Le médecin ne bougea pas, maintenant l'utérus aussi haut que possible; mais la malade l'y laissa longtemps, disant toujours qu'elle n'était pas encore assez remise.

Bientôt le médecin s'aperçut, à n'en plus douter, que les témoignages de sensibilité qu'avait accusés la malade, à l'introduction du doigt, devenaient de l'orgasme vénérien.

Il fut bien confirmé dans son opinion plus tard, en voyant que sa visite était réclamée plus que jamais; les parents, qui ne pouvaient deviner les motifs de l'empressement que la malade mettait à le demander, le suppliaient de vouloir bien venir, souvent, renouveler l'opération, parce que seule elle parvenait à calmer les crises d'hystérie.

Le médecin essaya l'emploi des moyens contentifs, l'éponge, le pessaire de Gariel; mais la malade voulait que ce fût lui qui les retirât et les remît en place quand il était nécessaire, prétendant que toute autre personne lui ferait du mal et qu'elle-même n'osait s'en charger, et, chaque fois, elle demandait qu'il *remontât* la matrice.

Le jeune médecin ne tarda pas à subir l'impression de ces scènes érotiques qui exaltaient vivement ses sens. Pendant qu'il faisait, avec le doigt, son office auprès de la malade, opération que celle-ci prolongeait le plus possible, il éprouvait souvent des pollutions spontanées qui l'énervaient beaucoup. Il devint névropathique : il ressentait une céphalalgie presque continuelle qui lui rendait fort pénible tout travail intellectuel.

Sa santé acheva de s'altérer par un hasard malheureux qui lui fit confier, à la même époque, le traitement d'une autre fille hystérique chez qui l'examen de l'utérus, provoqué par les parents eux-mêmes dans les mêmes circonstances que la première malade, détermina les mêmes effets. Il ne fut pas question, cette fois, de remettre la matrice à sa place : elle s'y tenait bien naturellement. Mais la mère de la malade, frappée de ce que sa fille témoignait vers les organes génitaux une vive sensibilité, comme une véritable douleur qui faisait que fréquemment elle y portait brusquement la main, demanda au médecin s'il n'y aurait pas un moyen de calmer ces souffrances locales et parla d'une malade à qui, pour une maladie utérine, elle avait appris qu'on introduisait dans le vagin des boulettes de charpie imprégnées de substances calmantes, comme le laudanum ou le chloroforme. Elle supplia le médecin de les employer et d'introduire lui-même le remède, pour être sûr qu'il serait bien appliqué. Cette opération eut ici le même résultat que dans le cas précédent. On voulait toujours avoir le médecin pour introduire de nouvelles boulettes, et, quand il était en devoir de le faire, on le suppliait d'en introduire successivement plusieurs, parce que l'effet ne durait guère. Cette petite manœuvre provoquait évidemment un orgasme vénérien très-intense, et le médecin qui en subissait l'influence, éprouvait les mêmes accidents qu'avec son autre malade.

Il finit par tomber dans un état de souffrance tel qu'il fut obligé de renoncer momentanément à toute espèce de travail intellectuel et de s'éloigner tout à fait de ses malades.

Privées de ses visites, les deux hystériques ne firent venir d'autres médecins que pour la forme : ceux-ci ne leur plaisaient pas comme celui qu'elles avaient perdu. Mais elles n'allèrent pas plus mal : au contraire. L'hystéricisme s'affaiblit chez elles graduellement ; elles purent bientôt se passer de médecin. Si celui qui était de leur goût avait continué à les suivre, je crois que leur maladie aurait pu se prolonger indéfiniment.

L'observation qui précède me paraît renfermer un double enseignement :

1° Chez les filles hystériques, il est prudent d'éviter les remèdes appliqués sur les organes génitaux eux-mêmes. Ces remèdes ne font que surexciter mécaniquement, par leur emploi, l'excès de sensibilité dont ces organes sont doués. Il faut, au contraire, condamner l'appareil génital à un repos absolu et ne recou-

rir qu'à la thérapeutique des moyens généraux.
Le seul remède local qui ait des chances de succès est la conception, c'est-à-dire le rapprochement normal et complet des sexes.

2° Les jeunes médecins doivent se défier de la
propension que peuvent avoir les filles hystériques à réclamer, de leur part, l'emploi de ces
moyens locaux, dans lesquels leur intervention
personnelle doit jouer un rôle plus ou moins
actif et fréquent.

## ARTICLE X

### COÏT IN VASE INDEBITO

### § I. — Bouche.

Les fraudes génésiques dans lesquelles la
bouche remplace le vagin, sont loin d'être rares.
J'ai cautérisé des chancres de la langue, des
plaques muqueuses aux commissures des lèvres,
qui dérivaient de cette provenance.

## § II. — **Anus.**

Il est un genre de fraude, *in vase indebito*, qui fait honte à l'humanité et que j'ai pourtant observé, non-seulement dans nos petites villes, mais encore chez les campagnards de nos villages : je veux parler de l'immonde procédé de la *pédérastie* (1).

*Observation CXVI.* — Villageoise de vingt-six ans.

C'est une belle brune qui a épousé, à vingt-huit ans, un homme de trente ans, à figure abjecte, bestiale, et dont les instincts sont plus bas que ceux de la brute. C'est un paresseux qui, pouvant à peine suffire à sa propre subsistance par son travail, sa principale ressource, a déclaré à sa femme, le soir de leurs noces, qu'il ne voulait point avoir d'enfants ; alors il a mis en usage, dès le début, les pratiques hideuses de la sodomie, n'abordant les organes génitaux qu'à leur entrée et avec beaucoup de crainte. Cette femme, qui était une magnifique paysanne au moment de son mariage, n'a pas tardé à dépérir.

(1) Voyez Tardieu, *Étude médico-légale sur les attentats aux mœurs*, 5e édition. Paris, 1866.

Les fonctions de l'estomac se sont perverties : elle vomissait souvent après les repas. Elle est devenue gastralgique, hypocondriaque. Son mari, la voyant si souffrante, s'est imaginé qu'elle se dérangeait la santé avec d'autres hommes ; il est devenu très-jaloux.

Lorsqu'elle me consulta et que je lui eus arraché l'aveu des circonstances que je viens de relater, je lui dis qu'une grossesse serait pour elle le meilleur des remèdes. Quelque temps après, je la rencontrai. Elle était toujours aussi souffrante. Son mari continuait ses hideuses habitudes. Elle était venue me consulter à son insu et n'avait osé lui demander, en mon nom, de la rendre mère pour guérir ses souffrances. Mais, lui ayant témoigné le plus vif désir d'avoir un enfant, il lui avait répondu, sous l'impression de cette jalousie qui le dominait : *Jamais, jamais, parce que, si je te rendais grosse, tu verrais tes amants tout à ton aise.*

*Observation CXVII.* — Femme de trente-deux ans.

Elle est atteinte de plaques muqueuses à l'anus : elle n'a rien aux parties génitales.

Je lui demande si la maladie n'aurait pas pu lui être transmise par contact immédiat. Après avoir longtemps nié et hésité, elle finit par convenir que son mari, pour ne pas avoir d'enfant, *la voit par là.*

Ce mari, très-salace, est devenu paraplégique à quarante et un ans.

*Observation CXVIII.*— Femme de quarante-deux ans.

Fissure très-douloureuse à l'anus, vives appréhensions, tête montée.

Lorsque je lui demande pourquoi de pareilles craintes l'agitent, elle me répond qu'elle est poursuivie de l'idée qu'elle a une *mauvaise maladie :* elle voulait dire une maladie vénérienne. Cette circonstance me donne l'éveil et provoque de ma part des questions relatives à des rapports *in vase indebito.* Elle avoua que son mari, qui était un vrai satyre, ne la voyait pas autrement, pour éviter la grossesse, et que telle était la

source de ses angoisses. Elle n'avait pourtant
qu'une fissure simple, que le coït avait sans doute
déterminée d'une façon toute mécanique et qui
guérit promptement par l'excision.

*Observation CXIX.* — Femme de quarante
ans, brune, bien constituée.

Rétrécissement organique du rectum qui la
fait lentement dépérir et mourir.

Elle me fait la confidence que, depuis
longtemps, son mari ne la *voyait plus que
par là*.

Peu de temps auparavant, cet homme était
venu me consulter pour une syphilis générale qui
avait provoqué une alopécie complète. Mais la
femme n'avait jamais eu de symptôme de maladie quelconque ailleurs que dans le rectum.
D'ailleurs, dans la pensée que le mal pouvait
être syphilitique, je la soumis à un traitement
approprié qui fut inutile. Le rétrécissement prit
tous les caractères du squirre et la fit mourir
après d'affreuses douleurs.

A peine la malade eut-elle succombé que son

mari, qui présentait depuis quelque temps des signes de dérangement cérébral, devint complétement fou ; il est allé finir ses jours dans une maison d'aliénés.

## ARTICLE XI

### INERTIE ET FROIDEUR DE LA FEMME

Je veux encore signaler une fraude indirecte, ou, plutôt, une tentative de fraude qui, cette fois, ne vient pas de l'homme, mais de la femme.

J'ai connu des femmes qui, n'ayant pas du tout le sentiment de la maternité, ou ne l'ayant qu'à un faible degré, fatiguées d'un ou deux enfants qu'elles avaient déjà, et tenant à n'en pas augmenter le nombre, se figuraient qu'une femme ne peut concevoir qu'en éprouvant, dans ses rapports avec son mari, des sensations plus ou moins vives. Elles avaient alors assez de force de volonté, assez d'empire sur elles-mêmes, pour rester complétement inertes durant les caresses du mari. La position de ce dernier devient alors ridicule. La froideur de sa femme le blesse, il l'attribue à ce qu'elle a des rapports avec d'autres : les serpents de la jalousie viennent siffler à ses oreilles.

C'est bien pis encore lorsqu'une grossesse arrive comme conséquence de rapprochements accomplis dans de pareilles conditions.

Le mari, partageant les idées de sa femme sur la nécessité d'une certaine action de sa part pour que la conception ait lieu, ne doute plus de son infidélité.

*Observation CXX.* — Une pauvre jeune femme vient dans mon cabinet me dire qu'elle est désespérée, qu'elle va se jeter à l'eau, si je reconnais qu'elle soit enceinte. Elle me raconte que son mari est d'une jalousie abominable, qu'il la rend très-malheureuse habituellement, mais que ses fureurs jalouses ont redoublé depuis quelques mois parce qu'elle lui a annoncé qu'elle se croyait enceinte. Elle ajoute que cet homme est un égoïste, un paresseux, qu'elle a déjà deux enfants qui, le plus souvent, manquent

de pain. Il est vrai que son mari fraude quand il
n'a pas bu, mais lorsqu'il est dans l'ivresse, ce
qui lui arrive souvent, il ne sait plus ce qu'il fait.
Elle se défie donc de sa présence d'esprit et fait
tous ses efforts pour être indifférente à ses caresses, dans la pensée qu'elle peut s'épargner
ainsi une nouvelle grossesse.

Mais, comme elle n'a pas toujours été aussi
froide avec son mari, celui-ci se préoccupe de
son indifférence et croit qu'elle a des relations
avec d'autres hommes; sa jalousie n'a fait que
redoubler. « Si je suis grosse, dit-elle, il me
» tuera : je n'ose pas rentrer chez lui. »

Je trouvai à cette malheureuse créature les
signes d'une grossesse de trois à quatre mois. A
cette nouvelle, un désespoir affreux s'empare
d'elle. Elle s'élance vers la porte en s'écriant : *Je
vais me détruire.* Je la retiens, m'efforce de la
calmer et lui fais prendre l'engagement de rentrer chez son mari, lui promettant d'aller, le
jour même, lui faire entendre raison.

Je tins parole et, en menaçant le mari de la
justice, je mis un frein à ses brutalités.

# DEUXIÈME PARTIE

## DANGERS ET INCONVÉNIENTS DES FRAUDES
### POUR LA FAMILLE

Les pratiques frauduleuses dans le rapprochement des sexes entraînent souvent de fâcheuses
conséquences pour les familles. Elles font prendre l'habitude, le goût de la débauche, et, par
là, elles entraînent à l'inconstance, à l'infidélité,
à l'adultère.

Les hommes deviennent enclins à rechercher
les jouissances relevées par l'imprévu, par l'étran-
geté, plutôt que les plaisirs naturels, faciles,
qu'ils peuvent goûter au sein de leur famille.
C'est ainsi que j'ai vu des maris, possédant des
femmes pleines d'agréments, douées d'une grande
beauté, finir par les abandonner pour s'attacher

à d'ignobles concubines, ou aller se vautrer dans
la fange des lupanars.

Lorsqu'un homme, au contraire, voit s'élever
autour de lui une famille nombreuse, fruit d'un
commerce régulier avec la compagne qui partage
sa destinée, il est entraîné vers des idées sérieuses, des pensées d'avenir, qui lui font repousser
les séductions de la débauche Les enfants légitimes sont une source d'agréments : il n'est pas
de jouissance plus pure, plus durable, pour le
cœur humain. Les enfants illégitimes ou naturels
deviennent, au contraire, le plus fréquemment,
une source d'ennuis et d'embarras de tous
genres : de là vient que les fraudes sont toujours
beaucoup plus communes entre amants qu'entre
époux.

Les maris qui fraudent sont des hommes égoïstes, lâches, paresseux, qui ne veulent pas se donner l'embarras d'élever de nombreux enfants,
afin de *jouir de la vie*, selon leur expression.
Cet amour du confortable, des jouissances matérielles, entraîne souvent trop loin. La richesse
publique, le bien-être général, se sont accrus

dans une proportion énorme depuis un demi-
siècle. Bienheureux étaient jadis les hommes qui,
avec du travail et de l'ordre, arrivaient à pour-
voir aux premières nécessités de la vie : aujour-
d'hui, quiconque veut travailler et avoir l'esprit
d'économie est certain de voir ses sueurs largement récompensées. Mais, au lieu de s'en conten-
ter, les désirs de l'homme, qui savent rarement se
limiter, rêvent bientôt le superflu, chose si nécessaire. Pour avoir ce superflu, ce luxe, ces jouissances de la vanité, si convoitées, il ne faut pas
avoir trop d'enfants à élever ; c'est alors que l'on
met en œuvre les fraudes. Mais ces rapprochements anormaux conduisent à des incidents qui
viennent fréquemment jeter une perturbation profonde dans les familles ; quoique le mari ait la
conviction qu'il a pris parfaitement ses mesures,
la femme devient enceinte, et la jalousie éclate,
avec toutes ses fureurs.

Ce résultat peut se montrer dans deux circonstances.

Un mari rentre la nuit, au sortir d'une séance
bachique : il est plus ou moins ébriolé. Il caresse

10.

sa femme avec la pensée que, selon son habitude, il prend complétement ses précautions pour éviter la grossesse; mais, les fumées du vin troublant sa cervelle alourdie par la fatigue et le sommeil, il opère maladroitement; puis, sa passion satisfaite, il s'endort paisiblement. Quelques semaines après, la femme ne voit pas revenir ses règles, et annonce au mari stupéfait qu'elle est enceinte.

D'autres fois, un mari très-salace voit sa femme plusieurs fois dans la même nuit, à de courts intervalles. Quoiqu'il fraude très-exactement, il peut se faire que quelques gouttes de sperme, restées dans l'urètre après un premier coït, et portées sur le col utérin à l'occasion des secondes approches, déterminent la fécondation.

J'ai vu se produire sous mes yeux les deux cas que je viens de signaler. (Observ. LVI à LVIII, LIX et LX.) J'ai été le confident de la surprise des maris et des orages intérieurs dont ces fraudes, suivies pourtant de grossesse, avaient été la source. J'ai vu même des époux se séparer à l'occasion de conceptions dont le mari déclarait qu'il était impossible qu'il fût l'auteur, quoique j'eusse les meilleures raisons de croire que la femme était parfaitement innocente.

Un des plus graves inconvénients qui résultent, pour la famille, des fraudes conjugales, c'est qu'elles deviennent pour la femme une école de démoralisation. La plupart des femmes que j'ai vues tomber dans l'adultère avaient des maris fraudeurs. Elles étaient primitivement très-vertueuses. Mais, leurs maris ayant eu l'imprudence de leur enseigner tous les raffinements de la lubricité, ayant eu la maladresse encore plus grande, après avoir poussé avec elles ces jouissances jusqu'à la satiété, de courir les aventures pour varier leurs plaisirs, ces femmes, dont les sens étaient surexcités, dont l'amour-propre était profondément blessé, finissaient par mettre en pratique, à leur tour, avec d'autres hommes, les leçons qu'elles avaient reçues du mari.

*Observation CXXI.* — J'ai soigné une malheureuse femme qu'un pareil égarement avait jetée dans les bras d'un amant. Celui-ci, moins habile fraudeur que le mari, la rendit grosse. Ellê fut obligée d'aller accoucher clandestinement dans une grande ville, et de mettre son enfant à l'hospice de Saint-Vincent-de-Paul. Le mari ne voulut jamais la revoir.

Il est aussi des maris fraudeurs qui, très-prompts dans la satisfaction de leurs besoins génésiques, ont des femmes dont la sensibilité est lente à s'émouvoir. Il en résulte que celles-ci éprouvent un désappointement qui les porte à rechercher des hommes dont le tempérament est plus en rapport avec le leur.

*Observation CXXII.* — Une femme vient me montrer des chancres à la vulve. Connaissant son mari pour un homme d'une conduite irré-prochable, un homme très-sérieux, occupé tout entier des devoirs de sa profession, je lui dis qu'il est impossible qu'elle ait reçu de lui un pareil présent.

Elle en convient sans peine, et, comme pour s'excuser de se trouver en si piteux cas, elle accuse son mari d'être un homme qui ne pense qu'à lui, qui, dans ses rapports avec elle, se satisfait avec une rapidité désolante, sans aucun préambule caressant, et la quitte aussitôt après, *comme si elle n'y était pour rien, et lorsqu'elle a eu à peine, de son côté, le temps de commencer.*

Qu'on se figure l'humiliation que doit ressentir une femme que son mari quitte au milieu de l'orgasme inassouvi !

Cette femme raconte qu'elle a fini par se montrer sensible aux avances que lui a faites certain amoureux à beaux et grands sentiments, un vrai Céladon, un héros de l'Astrée, et que c'est lui qui lui a donné ses chancres.

Après avoir eu deux enfants au début de son mariage, elle m'avoua que son mari fraudait, et elle ajouta ces mots qui me frappèrent beaucoup : « Oh ! monsieur, s'il n'avait jamais fraudé » et qu'il m'eût fait un enfant tous les deux à » trois ans, ces enfants m'auraient occupée, et je » ne me serais jamais dérangée. »

J'ai observé plusieurs cas analogues, et constaté que rien ne dégoûte plus une femme de son mari, rien n'est plus capable de la pousser à l'adultère, que la malencontreuse disposition d'un homme fraudeur qui se satisfait promptement, en quelque sorte bestialement, sans s'inquiéter de ce qu'éprouve une femme dont le système nerveux est beaucoup plus lent à s'ébranler ou une créature à sentiments délicats dont la nature se révolte en présence de pareils procédés.

Il arrive même assez souvent que les maris ont l'imprudence, la sottise, de faire subir à leurs femmes des caresses frauduleuses lorsque celles-ci sont sous le poids d'une grande fatigue, d'un malaise, d'une souffrance quelconque. J'ai vu des femmes qui prenaient en aversion de pareils époux.

*Observation CXXIII.* — Jeune femme de vingt-quatre ans.

Sa figure rayonne de candeur et de bons sentiments ; elle vient se plaindre de névralgies cruelles dans la tête, de gastralgie, d'un état de langueur qui lui est très·pénible. Son air profondément triste me fait soupçonner que des

causes morales ont dû contribuer à déranger sa
santé. Je la presse de questions. Elle me dit
qu'elle a un enfant de trois ans et finit par m'a-
vouer que son mari fraude pour n'en plus avoir.
Ces fraudes la *dégoûtent*, dit-elle ; elle sent que,
si elle avait un autre enfant, celui-ci remplirait
son existence. Depuis que le premier n'exige
plus les soins continuels du premier âge et qu'il
pourrait faire place à un autre dans ses bras, elle
dit qu'elle éprouve un sentiment qu'elle a peine
à avouer, c'est que *son enfant l'ennuie*. Aussi se
montre-t-elle ravie quand je lui annonce que je
vais ordonner à son mari de mettre un terme à
ses fraudes : elle me remercie avec effusion.

Rien n'est plus digne de fixer l'attention des
parents, lorsqu'ils veulent marier leurs filles, que
les dispositions morales des hommes à qui ils
doivent les abandonner. Si une jeune fille can-
dide, à sentiments délicats, est livrée à un de
ces hommes chez qui les instincts de la brute
l'emportent sur les considérations morales, leur
fille est perdue.

*Observation CXXIV.* — Une mère désolée m'amène sa fille, âgée de dix-neuf ans, mariée depuis dix-huit mois avec un artisan qui ne veut pas lui faire d'enfant et fraude continuellement dans ses rapports avec elle. Après trois mois de mariage, elle a eu tous les signes d'une métrite intense qui n'arrêta pas le mari : coïts fort douloureux.

La mère, qui couche dans une chambre voisine, me dit qu'elle entendait crier sa fille sous les approches de son mari.

Ne pouvant supporter plus longtemps une pareille existence, la jeune femme s'est sauvée avec sa mère du domicile conjugal. Celle-ci déclame avec véhémence contre la brutalité de son gendre. La jeune femme déclare qu'elle a son mari en horreur. Elle est affectée d'une métro-vaginite intense. Utérus très-sensible à la pression : méat utérin laissant suinter, en abondance, un mucopus jaunâtre et sanguinolent.

*Observation CXXV.* — Un homme de quarante ans était parvenu à posséder une jeune fille de vingt-deux ans en usant d'un artifice infâme : il l'avait plongée dans l'ivresse. L'opinion publique l'a même accusé d'avoir introduit dans les boissons un agent narcotique.

Une fois flétrie par ses premières approches, la jeune fille lui appartint sans réserve, et, pendant plusieurs années, ils eurent ensemble des relations frauduleuses; puis, on se décida au mariage, pour avoir des enfants. Une grossesse arriva : les organes fatigués ne purent la conduire que jusqu'au sixième mois. La jeune femme éprouva une déception amère, un chagrin cuisant. Je la consolai en lui répétant que le mal était réparable. Mais elle n'a pas conçu dans la suite et, alors, sa fureur contre son séducteur n'a plus connu de bornes. Un jour ce mari tombe gravement malade et me fait appeler. En me voyant entrer près de lui, sa femme s'écrie : *Vous êtes trop bon de vous déranger pour lui; laissez-le donc crever, ce sale animal!*

J'ai donc cité un fait (Observation CXXII) qui démontre que les fraudes exercées par le mari sont une école de démoralisation pour la femme.

En voici encore un exemple, qui m'a bien frappé.

*Observation CXXVI.* — Homme de cinquante-huit ans.

Femme beaucoup plus jeune.

Un seul enfant dans la première année du mariage.

Depuis sa naissance, fraudes continuelles et fréquentes. Mais cette habitude a surexcité chez la femme le sens génésique au plus haut degré et, à mesure que le mari, se faisant vieux, rentre dans le calme, la femme, beaucoup plus jeune, se sent toujours embrasée du même feu. Elle corrompt un jeune et beau garçon de seize ans qu'elle avait à son service et le dresse habilement aux fraudes génitales. Ces excès précoces altèrent la santé du jeune homme : il est pâle, languissant, a les yeux cerclés de noir. Sa maîtresse m'appelle pour le visiter. Je trouve en elle une petite femme vive, dont les yeux, malgré ses quarante ans, dégagent encore des rayons de flamme. A quelques mots qu'elle laisse échapper, je soupçonne qu'il s'est passé entre eux des choses étranges. Je l'écrase de questions et finis par lui faire confesser son infâme conduite. Pour s'excuser, elle me dit que ce garçon avait un tempérament bouillant, qu'il se serait perdu en courant après les filles de joie. Elle avait cru lui rendre service en donnant à ses passions un aliment sous le toit domestique, plutôt que de les laisser déborder au dehors. Elle me répéta les sophismes avec lesquels J.-J. Rousseau a essayé de justifier la conduite de M^{me} de Warens à son égard. Cette femme s'était engagée dans une funeste position, car son fils, déjà âgé de vingt-deux ans, me parut avoir découvert l'affreuse passion de sa mère, et il aurait pu s'écrier, comme Hippolyte :

> O haine de Vénus! ô fatale colère!
> Dans quel égarement l'amour jeta ma mère (1)!

Rien n'est plus triste qu'un intérieur de famille sans enfants, surtout s'il en est venu dans les premiers temps du mariage et que la mort les ait ravis dans la suite :

> Dieu fit dans sa bonté, touché de nos misères,
> Le rire des enfants pour les larmes des mères (2).

(1) Racine, *Phèdre.*
(2) Legouvé.

et quand, après la perte de ces enfants, une longue pratique des fraudes a rendu les organes de la femme incapables de nouvelles conceptions, le remords se joint à la douleur, et la position des époux devient affreuse.

*Observation CXXVII.* — Deux époux avaient un fils unique de dix-neuf ans. Une fièvre grave vient le leur ravir. Le mari n'avait fait que cet enfant par calcul, afin qu'il restât aussi riche que son père. Il avait eu recours aux rapports frauduleux, malgré les protestations de sa femme qui désirait vivement une fille.

Leur enfant mort, vainement ils essaient d'en procréer un autre.

Alors cette mère désespérée perd la tête. Elle passe sa vie à jeter au front de son mari les reproches les plus sanglants : « Vous êtes un mons-
» tre, lui dit-elle tous les jours; vous n'avez pas
» voulu avoir plusieurs enfants; vous disiez que
» vous n'aviez pas les moyens de les nourrir et
» les élever, tandis que vous nourrissiez et éle-
» viez des chiens et des chevaux. C'est bien fait !
» Dieu vous a puni! »

*Observation CXXVIII.* — Époux ayant eu coup sur coup, après le mariage, deux beaux enfants, un garçon et une fille. Ils s'en tiennent là et fraudent.

Ces enfants grandissent, deviennent magnifiques ; les parents les montraient avec orgueil. L'aîné avait quinze ans, lorsqu'une fièvre scarlatine vient les faire mourir tous deux dans la même semaine. Le père les suit bientôt, enlevé par une pneumonie.

Je n'ai jamais vu de chagrin pareil à celui de la mère, restée seule au monde. Dix ans après la mort de ses enfants, quand je rencontrais cette Rachel éplorée, je voyais immédiatement un ruisseau de larmes jaillir de ses yeux. *Vox in Rama audita est : ploratus et ululatus multus ; Rachel plorans filios suos et noluit consolari, quia non sunt.*

# TROISIÈME PARTIE

## DANGERS ET INCONVÉNIENTS DES FRAUDES POUR LA SOCIÉTÉ

Les fraudes génésiques sont nuisibles à la société, de deux façons :

Elles sont une cause de démoralisation.

Elles opèrent une diminution notable dans l'accroissement de la population.


## CHAPITRE PREMIER

### Démoralisation.

Les pratiques frauduleuses favorisent beaucoup le libertinage.

Tel, qui ne voudrait pas séduire une femme à la condition d'avoir avec elle des rapports réguliers, susceptibles d'entraîner tous les embarras d'une grossesse, n'hésitera pas, s'il est habile fraudeur, à pousser avec cette femme la séduction jusqu'à ses dernières conséquences, moins la fécondation. La pratique des fraudes est donc un des plus grands entraînements à la débauche. Le tableau des maux qu'elles engendrent doit donc en éloigner et favoriser les rapports licites et réguliers : c'est une grande leçon de morale et d'hygiène sociale.

En effet, le respect de la femme est un des signes les plus caractéristiques de la grandeur morale des sociétés.

Chez les peuples primitifs, la femme est, le plus souvent, l'esclave de l'homme, le jouet de ses passions et de ses caprices !

Plus la civilisation augmente, plus on voit s'améliorer la condition sociale de la femme. Les nations où elle est l'objet d'une sorte de culte sont celles où les idées morales ont fait le plus de progrès.

Est-ce respecter la femme que d'en faire l'instrument d'ignobles convoitises ?

La pratique des fraudes est essentiellement démoralisatrice par la facilité qu'elle donne de se livrer à l'inconstance, d'entretenir plusieurs maîtresses à la fois.

J'ai cité (Observation LXX) l'exemple d'un homme riche qui avait quatre ou cinq maîtresses dans le même moment. S'il avait eu des enfants de la première, peut-être les préoccupations qui en seraient résultées l'auraient détourné de faire d'autres victimes ; dans tous les cas, il est à peu près certain qu'il n'aurait pas voulu faire des enfants à quatre ou cinq femmes à la fois et que conséquemment, il se serait arrêté à la première ou à la seconde, au lieu de voler de conquête en conquête pour satisfaire un attrait de curiosité ou plutôt de vanité. *L'amour-propre*, a dit J.-J. Rousseau, *fait plus de victimes que l'amour.*

La pratique des fraudes démoralise profondément en faisant prendre le goût et l'habitude des voluptés sensuelles. Le rapprochement des sexes n'est plus que la satisfaction d'une concupiscence ou d'une immonde lubricité, au lieu de cette union à laquelle la nature nous convie par l'attrait du plaisir, et qui doit avoir pour conséquence la grossesse, c'est-à-dire une situation capable d'éveiller dans l'âme les plus sérieuses et les plus douces préoccupations.

La pratique des fraudes fait prendre à la femme des habitudes de volupté qui la conduisent à l'adultère : et puis, comment un mari serait-il disposé à respecter une femme lascive ?

Les femmes qui le deviennent perdent aux yeux de leur époux ce prestige moral, cette auréole de pudeur qui va si bien à leur front. La fille qu'un amant rend lascive, par la pratique habituelle des fraudes, est facilement entraînée à l'inconduite, à la prostitution, à l'infamie.

Que de jeunes filles et de jeunes femmes j'ai vues déshonorer leur famille, jeter le trouble dans la société, parce que des séducteurs habiles, fraudeurs passionnés, leur avaient donné les premières leçons de débauche.

Les maux qu'engendre le vice que je combats ont déjà frappé d'autres regards que les miens. Quelques-uns même en ont été trop vivement im-

11.

pressionnés et en ont exagéré les conséquences. Des auteurs pessimistes, des moralistes austères, ont prétendu que les fraudes génésiques *condui-saient notre société à l'abîme*. Ils pousseraient volontiers le cri du poëte témoin de la décadence de Rome :

> Sævior armis
> Luxuria incubuit victumque ulciscitur orbem.

Ils sont, à mon sens, tombés dans une grande exagération. Non, les fraudes ne sont pas si redou-tables. Elles sont, comme la prostitution, un vice qui dépare le tableau brillant de notre civilisation moderne (1). C'est par le motif que ce tableau est splendide, qu'il excite au plus haut point mon admiration, que je voudrais voir effacer les ta-ches qui y produisent des coins d'ombre disgra-cieux. Je suis loin d'être au nombre de ces dé-tracteurs de mon temps, de ces hommes moroses qui regrettent, parce qu'ils étaient intéressés à leur

---

(1) Voyez Parent-Duchatelet, *De la prostitution dans la ville de Paris*, 3ᵉ édition. Paris, 1857. — Jeannel, *De la prostitution au XIXᵉ siècle*. Paris, 1863.

conservation, des institutions et des mœurs à jamais ensevelies dans le linceul du passé.

Notre siècle répond victorieusement à ceux qui l'attaquent, en imitant ce philosophe de l'antiquité devant qui l'on niait le mouvement; il marche, il s'avance à grands pas dans tous les perfectionnements que la vie matérielle et l'existence morale des nations sont susceptibles d'acquérir.

Mais, sur un point de cet admirable ensemble que présente la civilisation du XIXe siècle, j'ai aperçu une tache ; j'en ai été frappé et je cherche les moyens de l'effacer.

Il semble que, plus l'homme s'éloigne de l'état de nature, plus les rapports entre les sexes soient disposés à se pervertir. Il est certain que les fraudes génésiques sont beaucoup plus communes chez les citadins que chez les paysans. Quelle en est la cause ? l'amour du bien-être, du confortable. On tient à avoir peu d'enfants, pour ne pas multiplier ses charges et jouir soi-même de la vie. Mais dans cette ardeur de jouissances, on est souvent entraîné trop loin ; j'ai vu un grand nombre d'hommes fraudeurs, énervés par cette mauvaise habitude, se dégoûter de leur travail, sans perdre leurs aspirations vers la richesse et l'aisance. Alors une aveugle ambition s'emparait d'eux. Ils quittaient les champs ou l'atelier pour courir les hasards de la fortune dans les grandes villes et allaient mourir à l'hôpital.

Les pratiques frauduleuses entre amants sont un des grands obstacles au mariage. Lorsqu'une fille a laissé prendre avec elle de pareilles licences à l'homme qu'elle aurait désiré pour époux, celui-ci, dont la passion est satisfaite, n'ayant aucune estime pour la créature qu'il a flétrie, se garde bien, le plus souvent, de l'épouser ; de là un grand nombre d'existences perdues, d'avenirs brisés.

La pratique des fraudes, étant une violation grave d'une des lois les plus sacrées de la nature, émousse le sens moral chez ceux qui s'y livrent et les rend beaucoup moins scrupuleux pour commettre d'autres fautes. Les comptes rendus de la justice criminelle font presque toujours voir que les grands coupables ont pour complices des concubines dont ils ont rarement des enfants, parce qu'ils mettent en usage les fraudes génésiques.

Enfin, ces fraudes ont pour la société ce grave inconvénient que, souvent, un homme épuisé par une longue pratique de ce vice énervant se décide, pour faire une fin, à se marier, et que cet homme, usé par la débauche, ne procrée pour la société que des enfants chétifs et malingres.

## CHAPITRE II

### Arrêt dans l'accroissement de la population.

Si, comme Montesquieu l'a dit, et, avec lui, tant d'autres publicistes, la puissance d'une nation dépend, en grande partie, du nombre d'hommes valides qu'elle peut, à un moment donné, ranger en bataille, on comprend la fâcheuse influence que les fraudes doivent exercer sur la prospérité des États. En effet, que de germes étouffés au moment où ils allaient devenir fé—

conds! Les fraudes génitales, envisagées à ce point de vue, sont donc une plaie pour la société.

Je sais qu'il est d'autres philosophes à pensées sereines qui, berçant leur imagination dans un heureux optimisme, prétendent que l'âge d'or approche et que ces boucheries humaines, qu'on appelle les combats, disparaîtront bientôt devant le souffle de la civilisation. Mais, ce beau rêve d'une paix universelle et durable, que l'abbé de Saint-Pierre avait déjà fait dans le siècle dernier, restera sans doute longtemps encore à l'état d'utopie, si toutefois il est appelé jamais à se réaliser.

Chaque fraude est un infanticide indirect, un germe étouffé et rendu improductif. Les fraudeurs sont plus coupables que ces accapareurs de grains, ces abominables spéculateurs qu'on accuse, dans les temps de disette, de détruire les approvisionnements de blé, de foin, en y mettant le feu, afin de faire enchérir le prix de ces denrées, qu'ils ont accumulées dans leurs dépôts particuliers.

N'est-ce pas une honte pour notre civilisation

moderne que de voir l'accroissement de la population diminuer, les familles nombreuses devenir
de plus en plus rares, tandis que l'aisance générale fait de si rapides progrès. Ce n'est pas le cas
de dire avec l'École de Salerne (1) :

Absque Cerere, friget Venus.

Non, cette raréfaction dans le produit des rapprochements sexuels est le fruit de calculs monstrueux. C'est un fait pénible à constater, mais
on ne peut s'empêcher de le reconnaître : le mal
naît quelquefois de l'excès du bien. L'homme
qui est parvenu à l'aisance, fait des rêves de richesse, d'opulence ; si ce n'est pour lui-même,
c'est pour sa descendance, à qui il veut laisser
une belle fortune par vanité. Tant que l'homme
est pauvre, il craint moins de faire beaucoup
d'enfants, dans l'espoir qu'ils deviendront ses
soutiens dans sa vieillesse.

Il est certain que la population de la France

(1) L'*École de Salerne*, trad. par Ch. Meaux Saint-Marc.
Paris, 1861.

a subi un temps d'arrêt dans son accroissement progressif : tous les statisticiens le constatent avec douleur.

En 1864, M. Michel Chevalier (1) a produit des chiffres qui démontrent que la fécondité des mariages diminue sensiblement.

A la fin du siècle dernier, le nombre des enfants procréés par le mariage était, en moyenne, de quatre à cinq.

De 1855 à 1860, il n'est plus que de trois ; c'est à Paris qu'il est le moindre. Sa diminution est beaucoup plus forte dans les villes que dans les campagnes.

Dans une discussion récente à l'Académie de médecine, M. Broca (2) faisait remarquer que les *mariages étaient moins féconds et les femmes plus malades depuis un certain nombre d'années.* Il démontrait, par des chiffres, que l'accroissement de la population ne venait pas de l'augmentation de la natalité, mais de la dimi-

(1) Michel Chevalier, *Comptes rendus de l'Académie des Sciences morales,* 1864.

(2) Broca, *Bulletin de l'Académie de médecine,* 1866-67, t. XXXII, p. 351, 397, 839, 889.

nution de la mortalité causée par l'accroissement de l'aisance.

M. Boudet (1) insistait sur la diminution de la natalité et sa progression si lente qu'elle ressemble à un temps d'arrêt.

Comment ne pas reconnaître, dans de pareils résultats, l'influence cachée, sourde, mais permanente, des fraudes génésiques ?

On s'est occupé beaucoup, dans ces derniers temps, et avec raison, de la mortalité des nourrissons (2). Combien l'influence de cette mortalité sur la population doit être moindre que celle du vice que je combats !

(1) Boudet, *Bulletin de l'Académie de médecine*, mai 1867 ; t. XXXII, p. 741.

(2) Voyez *Bulletin de l'Académie de médecine*, Paris, 1865-66, t. XXXI, *passim*, et Du Mesnil, *De l'Industrie des nourrices et de la mortalité des nourrissons (Annales d'hygiène publique et de médecine légale*, Paris, 1867, 2e série, t. XXVIII, p. 5 et suiv.)

# CONCLUSION

Je croirais n'avoir pas rempli complétement ma tâche si, après avoir décrit les maux qu'engendrent les fraudes dans l'exercice des fonctions génératrices, je ne cherchais pas quels pourraient être les moyens capables de les prévenir, ou, du moins, de les atténuer.

La loi civile ne pénètre pas dans ces détails intimes des rapports qui s'établissent entre l'homme et la femme : on ne peut rien lui demander.

Il faut le dire bien haut, à l'honneur de la loi religieuse, le catholicisme a toujours proscrit sévèrement les fraudes conjugales. Mais il est impossible de méconnaître que, dans les temps où nous vivons, l'esprit religieux a perdu de son prestige; la voix qui descend de la chaire évangélique est moins écoutée.

C'est bien le cas de s'écrier : *Quid leges, sine moribus, vanœ proficiunt ?*

Les prescriptions qui découlent des faits que j'ai exposés, n'ayant en vue que la santé, le bien-être de la famille et de la société, les philosophes à idées transcendantes trouveront peut-être étroite et mesquine cette morale de *l'intérêt personnel*. Mais, dès qu'il s'agit de guérir une des plaies qui atteignent l'humanité, le médecin ne répudie aucun moyen; il les accepte tous avec empressement.

D'ailleurs, les préceptes de l'hygiène sont toujours en parfaite harmonie avec ceux de la religion. N'est-ce pas un médecin, Astruc, qui a écrit ces mots : *Castè vivat, qui se sanum cupit ?*

Mais, dira-t-on, faut-il donc que l'homme et la femme procréent des enfants indéfiniment, que la femme soit toujours grosse ou nourrice? Non : dans les fonctions de puerpéralité exercées sans mesure, il y a, pour la femme, des inconvénients quelquefois aussi graves que dans les rapports frauduleux des sexes.

Le célibat serait-il un refuge assuré contre tous ces dangers de maladie? non : le célibat conduit aux unions illégitimes, à la débauche, et le libertinage des célibataires offre encore plus d'inconvénients que celui qui règne entre les époux (1). Quant au célibat chaste, continent, auquel se livrent un certain nombre de sujets des deux sexes sous l'empire d'idées qui sont, quelquefois, d'un ordre très-élevé, il est incontestable que cette paralysie volontaire des organes reproducteurs préserve de la plupart des maux que j'ai décrits comme étant l'effet d'un exercice intempestif des organes génitaux : médecin, pendant de longues années, de plusieurs communautés religieuses, je n'y ai jamais vu de maladies sérieuses des organes de la génération. Mais le célibat CONTINENT entraîne assez souvent d'autres conséquences non moins graves pour la

(1) Voyez, sur ce sujet, James Stark, *De l'influence du mariage sur la mortalité moyenne des deux sexes*, trad. par Fonssagrives. (*Annales d'hygiène*, t. XXIX, p. 34.)

santé, surtout chez les femmes, que l'annihilation des grandes fonctions de la maternité fait
tomber dans la phthisie pulmonaire.


J'ai le projet d'exposer, dans deux Mémoires
subséquents, les inconvénients résultant des *excès de puerpéralité* et ceux qu'entraîne le *célibat* pour l'individu, la famille et la société.

Les faits que j'aurai groupés dans ces trois
Mémoires conduiront, je l'espère, à reconnaître
l'éclatante vérité de cette maxime : *In medio
stat virtus.*

Par quels moyens pourrait-on arriver à faire
connaître aux populations tous les maux que
provoquent les fraudes génésiques? Je n'aperçois
que deux voies qui puissent conduire à ce résultat : l'enseignement des écoles et celui de la
presse. Si je remonte à mes souvenirs d'école, je
ne me rappelle pas qu'aucun de mes maîtres ait
jamais parlé sérieusement devant moi des fraudes
génitales. En est-il autrement aujourd'hui? Je
crois être en droit d'en douter, car les jeunes
médecins ne me paraissent pas pénétrés de la gra-

vité d'un pareil sujet et ils agissent en conséquence dans la direction des santés qui leur sont
confiées.

J'ai même été plusieurs fois très-surpris de
voir que des médecins avaient ordonné à des
jeunes gens, épuisés et souffrants par l'effet de
la masturbation, de *fréquenter les femmes pour
se guérir !*

Ces relations sexuelles avaient presque toujours lieu avec fraudes, le remède me paraissait
pire que le mal.

L'enseignement des écoles présente donc, à
l'égard des fraudes génitales, une lacune fort
regrettable et qu'il est important de combler. Je
voudrais qu'à l'avenir les jeunes médecins qui
débutent dans la carrière fussent pénétrés des
faits que je viens d'exposer et qu'ils en compris-
sent toute la portée. Les occasions ne leur man-
queront pas d'appliquer souvent les règles qui
en découlent dans les conseils qu'ils auront à
tracer à leurs clients.

Je ne vois pas non plus que, jusqu'ici, les pu-
blications de la presse, ni les journaux, ni les

traités généraux ou spéciaux, aient insisté suffi-
samment sur la question que je viens d'évo-
quer.

Mais l'enseignement des écoles, en pénétrant
dans les jeunes générations où se recrute le corps
médical, possède surtout un puissant moyen
de dissémination pour les idées utiles. Il est
à désirer que tous les médecins soient bien
convaincus de la nécessité de proclamer souvent
que l'homme ne peut violer impunément cette
grande loi de la nature, cette loi capitale qui
préside à la propagation de l'espèce, et que la
règle à suivre, dans l'exercice des fonctions génératrices, doit être l'application sage et mesurée
du précepte biblique : *Crescite et multiplicamini.*

# RAPPORT

PRÉSENTE A LA SOCIÉTÉ DE MÉDECINE DE STRASBOURG, SUR LE LIVRE DE M. BERGERET

Par M. Tourdes, professeur à la Faculté de médecine de Strasbourg

M. le professeur Tourdes présente à la Société de médecine le rapport suivant :

*Des fraudes dans l'accomplissement des fonctions génératrices; dangers et inconvénients de ces fraudes pour les individus, la famille et la société.* Sous ce titre, M. le docteur Bergeret, médecin en chef de l'hôpital d'Arbois, nous a présenté une intéressante étude d'hygiène pratique et d'économie sociale.

Un fait aujourd'hui hors de doute, c'est que la population de la France éprouve un ralentissement notable dans son accroissement ; les discussions qui se sont élevées à l'Académie des sciences et à l'Académie de médecine (1) con-

(1) *Bull. de l'Académie de médecine.* Paris, 1866-67, tome XXXII.

statent cette situation déplorable. Les mariages
sont devenus moins féconds ; à la fin du siècle dernier, autant que permettent de le constater des statistiques incomplètes, la moyenne des enfants par
mariage était de 4 à 5 ; depuis le commencement
du siècle, elle est descendue entre 3 et 4. *L'An-
nuaire des longitudes* (1869, p. 224) donne, à
cet égard, un renseignement caractéristique : de
1819 à 1832, on a compté en France 3,73 naissances par mariage ; de 1832 à 1846, le chiffre
descend à 3,28 ; il n'est plus que de 3,10 naissances par mariage, dans la période comprise
entre 1847 et 1860. Si nous nous bornons au
mouvement de l'année 1865, nous trouvons pour
toute la France 3,10 comme rapport entre les
naissances et les mariages ; et pour le départe-
ment de la Seine, c'est 2,65. Le Bas-Rhin offre,
pendant la même année, la proportion très-favo-
rable de 4,38, mais la proportion est loin d'être
toujours aussi avantageuse. Pour la période de
six années, de 1855 à 1860, la fécondité des
unions dans le Bas-Rhin a été de 3,84 enfants
par mariage. La fécondité a toujours été plus

considérable à la campagne qu'à la ville; pour
les mêmes années, on a constaté 3,63 naissances
par mariage dans la population urbaine, et 4,05
dans la population rurale. Strasbourg seul,
d'après la statistique que nous avons établie avec
notre collègue M. le professeur Stœber, n'a présenté qu'une moyenne de 2,82 naissances par
mariage, pendant le même laps de temps. Les
années ont varié de fécondité; le minimum a été
de 3,38 pour la population urbaine, en 1858,
et le maximum de 3,88, en 1855. Les extrêmes
ont été, pour la campagne, 3,67 et 4,59. Les
variations ont toujours coïncidé dans les campagnes et dans les villes, de sorte que le maximum
et le minimum tombaient sur les mêmes années.
La différence entre les deux sexes a été un peu
moindre dans les années peu fécondes.

Des influences complexes font varier la fécondité
des unions; en général, elle est en rapport avec
la mortalité des années précédentes. La guerre
est une des principales causes de l'arrêt dans
l'augmentation progressive de la population. Les
campagnes de Crimée, d'Italie, du Mexique ont

fait de cruels vides dans la population masculine, et l'Afrique est une cause permanente d'affaiblissement. Il ne faut pas compter seulement les hommes qui meurent sur le champ de bataille ou dans les hôpitaux : on doit tenir compte de ceux qui reviennent de l'Afrique et des colonies avec une constitution ruinée et qui, dans leurs foyers, paient à la mort un tribut non moins sûr, quoique différé. C'est sur de malheureux soldats du Mexique que l'on a surtout observé ces altérations profondes et ces anémies incurables. L'état militaire, en retardant l'époque des mariages, diminue aussi leur fécondité.

M. Bergeret n'a pas examiné cette question dans son ensemble ; il s'est attaché à un seul point de vue, dont il fait ressortir l'importance ; peut-être, en procédant ainsi, s'est-il exposé au reproche d'avoir exagéré une influence qui n'est pas la seule, mais qui certes doit être prise en considération.

Un des instincts les plus puissants est celui qui a pour objet d'assurer la perpétuité de l'espèce ; mais cet instinct si vif s'égare et se pervertit ; il s'éloigne de son but naturel, et ces aberrations funestes produisent des conséquences, cachées d'abord, mais qui bientôt deviennent manifestes par leur influence générale. M. Bergeret attribue en grande partie aux *fraudes génésiques* la diminution observée dans la fécondité des unions. Dans le mariage, on veut limiter la fécondité sans imposer un frein aux ardeurs sexuelles. On est généralement disposé à penser que ces odieux calculs de l'égoïsme, que ces raffinements honteux de la débauche, se rencontrent presque uniquement dans les grandes villes et dans les familles riches; que les petites localités, les communes rurales, présentent encore en grande partie, sous ce rapport, la simplicité des mœurs que l'on attribue à ces temps primitifs où les pères de famille étalaient avec orgueil leur nombreuse descendance. C'est une erreur : je veux démontrer, dit M. Bergeret, que ceux qui ont confiance dans les habitudes patriarcales de nos campagnards et de nos petits citadins se font la plus complète illusion. Aujourd'hui les fraudes sont pratiquées par toutes les classes de la société.

Deux causes principales ont contribué à produire ce résultat.

La première est l'affaiblissement des idées religieuses qui prohibent sévèrement ces sortes de pratiques. Ce n'est pas sans de graves motifs que la religion défend toute espèce de fraudes dans l'exercice des fonctions génératrices. Dans cette question, comme sur tant d'autres points, les prescriptions morales sont en parfaite harmonie avec les lois naturelles, avec les enseignements de la physiologie et avec les règles de l'hygiène.

La seconde est l'accroissement de l'aisance générale, de la richesse, qui fait que l'artisan, le cultivateur, le petit rentier, tiennent moins à se créer des bras destinés à les soutenir dans leur vieillesse. Ils aiment mieux jouir, en égoïstes, de leur position acquise que de se donner le souci d'élever une famille nombreuse.

L'abolition du droit d'aînesse n'a pas détruit la vanité qui avait inspiré la création de ce privilége inique. Les hommes que possède l'orgueil de la richesse, ne pouvant s'habituer à la pensée

12.

de voir leurs biens se morceler, leurs châteaux se vendre par licitation, donnent le jour seulement à un ou deux enfants. Pour éviter une trop longue lignée, ils ont recours aux fraudes conjugales.

Nous ferons remarquer cependant que l'influence de ces fraudes est beaucoup plus manifeste dans les villes que dans les campagnes ; les mariages sont plus féconds dans la population rurale, la statistique ne laisse aucun doute à cet égard. L'immoralité dans les villes n'est pas la seule cause de cette différence ; les mariages y sont plus tardifs ; une population moins vigoureuse, abâtardie par des causes diverses, produit des rejetons moins nombreux et moins sains. Si le cultivateur craint la division de ses biens, avec le prix croissant de la main d'œuvre, il apprécie les services que lui rendent les bras de ses enfants, et son intérêt bien entendu est ici d'accord avec les lois de la nature et de la morale.

Ces fraudes s'exercent encore d'une manière plus fréquente entre les personnes qui vivent dans des unions illicites, et où tous les moyens sont mis en jeu pour éviter les conséquences naturelles du rapprochement des sexes.

M. Bergeret a réuni de nombreux exemples de ces fraudes génésiques et de leurs effets ; son ouvrage est basé sur 128 observations, exposées avec détails et dont plusieurs sont concluantes. Dans une première partie, il met en lumière les maux qu'entraînent ces fraudes pour les individus des deux sexes ; dans une seconde partie, il s'occupe de leur influence sur la famille ; dans une troisième partie, de leur action plus générale sur la société.

Je place ici la femme avant l'homme, dit M. Bergeret, parce qu'elle a beaucoup plus à souffrir que lui du vice que je combats. On ne doit point en être surpris. Le rôle de l'homme est très-simple et de très-courte durée dans le grand acte de la génération. Celui de la femme, au contraire, est complexe : ses organes doivent fonctionner longtemps. La nature a dû, par conséquent, les douer d'une aptitude très-étendue, d'une vitalité spéciale. Si cette vitalité et cette aptitude sont détournées de leur but par des stra-

tagèmes imprudents, est-il étonnant qu'il en résulte si souvent les plus graves désordres ?

Les fraudes génésiques peuvent provoquer chez
elles toutes les maladies de l'appareil générateur,
depuis la simple inflammation jusqu'aux dégénérescences, aux désorganisations les plus graves.
Quand je passe en revue, dit l'auteur, les cas de
maladies des organes génitaux de la femme qui
ont été confiés à mes soins, je crois que plus des
trois quarts de ces maladies coïncidaient avec
des fraudes pratiquées dans l'exercice des fonctions génératrices, et que, le plus souvent, elles
pouvaient leur être très-légitimement attribuées.

Les observations sont au nombre de 70 ; elles
se rapportent à des maladies de l'appareil générateur, depuis les congestions et les inflammations
jusqu'aux dégénérescences, métrites aiguës et
chroniques, leucorrhées, métrorrhagies, hysté-
ralgies, indurations, granulations, cancers, lésions ovariques ; c'est le tableau complet des
affections de l'utérus et des ovaires ; il est permis
de croire que dans ces cas divers la cause allé-
guée n'a pas agi seule, mais son intervention est

au moins reconnue. L'auteur classe parmi les
fraudes indirectes les rapports après la ménopause, avec les femmes stériles, pendant la menstruation ou l'allaitement ; il cite l'observation
d'une blennorrhagie communiquée à une femme
de soixante et un ans ; tout en constatant que la
stérilité facilite les aberrations et en augmente le
danger, il donne à son sujet une extension qui
peut paraître exagérée : on y retrouve tous les
inconvénients qu'entraîne la dépravation de l'instinct reproducteur.

L'homme peut aussi être victime d'habitudes
de ce genre : M. Bergeret a vu des cas d'urétrites
qui avaient pour cause des rapports génésiques
pendant les menstrues ; ces moments avaient été
choisis dans la pensée que la conception était
alors impossible. Les hommes qui souffraient le
plus de la facilité que leur donnaient les fraudes
de ce genre, pour satisfaire sans crainte leurs
penchants, étaient des hommes âgés, à passions
tenaces, qui continuaient pendant la seconde
partie de leur vie les habitudes de la première.
Les conséquences les plus graves de ces désordres étaient des maladies de la prostate.

Un chapitre est consacré à l'histoire de la stérilité et l'impuissance; les troubles que présentent le système nerveux, les organes de la digestion, de la circulation et de la respiration, sont aussi l'objet d'une étude particulière chez les deux sexes; on voit, dans quelques observations, les plus graves désordres cesser avec la cause qui les a fait naître.

Un des dangers de ces fraudes pour la famille, c'est d'y introduire le goût et l'habitude de la débauche et de pousser à l'inconduite en supprimant la crainte d'une conception. L'homme qui voit s'élever autour de lui une famille nombreuse, fruit d'un commerce régulier avec une compagne qui partage sa destinée, est entraîné vers des idées sérieuses et des pensées d'avenir qui lui font repousser la séduction de la débauche. Une autre conséquence non moins habituelle de ces fraudes, c'est la démoralisation de la femme. Un des plus graves inconvénients des fraudes conjugales, dit M. Bergeret, c'est qu'elles deviennent pour la femme une école de démoralisation. La plupart des femmes que j'ai vues tom-

ber dans l'adultère avaient, dit-il, des maris enclins à ces funestes habitudes; mais leurs maris
ayant eu l'imprudence de leur enseigner ces
raffinements honteux, ayant eu la maladresse
encore plus grande, après avoir poussé avec elles
ces jouissances jusqu'à la satiété, de courir les
aventures pour varier leurs plaisirs, ces femmes,
dont les sens étaient surexcités, dont l'amour-
propre était profondément blessé, finissaient par
mettre en pratique, à leur tour, avec d'autres
hommes, les leçons qu'elles avaient reçues du
mari. Que de jeunes filles et de jeunes femmes,
ajoute l'auteur, j'ai vues déshonorer leurs familles, jeter le trouble dans la société, parce que
des séducteurs habiles leur avaient donné ces
premières leçons !

Des grossesses accidentelles, survenant malgré
toutes les précautions, donnent parfois lieu à
des soupçons et deviennent le point de départ
de troubles dans les familles, ou même l'occasion
d'actions criminelles; M. Bergeret raconte des
cas où les soupçons du mari, excités par des
grossesses inattendues et pourtant légitimes, ont

conduit à des actes de violence, à l'expulsion de la femme du domicile conjugal. Dans les unions illégitimes, les mêmes faits se sont aussi présentés et ont donné lieu à des soupçons non fondés. L'avortement criminel a parfois été le complément de ces maladresses imprévues, et la fraude a ainsi conduit au crime des personnes qui, au début de leurs relations, étaient loin d'y songer.

L'extinction d'une famille est souvent la conséquence fatale de la limitation volontaire du nombre des enfants. Une famille qui se propage par un ou deux rejetons a peu de chance de durée ; il faut un bien petit nombre de générations pour rencontrer la chance funeste de la mort ou de la stérilité. M. Bergeret en rapporte deux exemples saisissants (1).

Quant au préjudice que la société éprouve, ne résulte-t-il pas de la démoralisation de ses membres et du relâchement des liens de la famille ? Si, comme l'a dit Montesquieu et avec lui tant d'autres publicistes, la puissance d'une nation dépend en grande partie du nombre

(1) Voy. Obs. CXXVII et CXXVIII, pages 184 et 185.

d'hommes qu'elle peut, à un moment donné, mettre sur le champ de bataille, n'est-ce pas pour elle une cause de déchéance que cet arrêt dans l'accroissement de la population, en désaccord avec les progrès des nations voisines?

Quel est le remède à cet état de choses? L'auteur a nettement posé la question. La loi civile n'y peut rien; l'économie sociale n'a qu'une action indirecte; des moyens d'existence plus faciles, un bien-être plus assuré favorisent l'accroissement de la population. La loi religieuse est formelle, mais sa voix est moins écoutée. Quels sont ici les principes de l'hygiène?

Faut-il donc que l'homme et la femme procréent des enfants indéfiniment, que la femme soit toujours grosse ou nourrice? Non : dans les fonctions de puerpéralité exercées sans mesure, il y a, pour la femme, des inconvénients quelquefois aussi graves que dans les rapports frauduleux des sexes (1).

_____

(1) Voyez Fleetwood Churchill, *Traité pratique des Maladies des femmes*, trad. de l'anglais par Wieland et Dubrisay, Paris, 1866.

Le célibat serait-il un refuge assuré contre tous ces dangers de maladie ? Non : le célibat conduit aux unions illégitimes, à la débauche, et le libertinage des célibataires offre encore plus d'inconvénients que celui qui règne entre les époux. Quant au célibat chaste, continent, auquel se livrent un certain nombre de sujets des deux sexes sous l'empire d'idées religieuses, il est incontestable que cette inactivité volontaire des organes reproducteurs préserve de la plupart des maux qu'entraîne l'exercice intempestif des organes génitaux. Mais le célibat continent détermine souvent aussi d'autres conséquences non moins graves pour la santé, surtout chez les femmes ; M. Bergeret pense que l'annihilation des grandes fonctions de la maternité est une des causes de la phthisie pulmonaire. Entre le célibat et la puerpéralité indéfinie il y a une juste mesure, *in medio stat virtus.*

Faire connaître à quel prix s'obtient la limitation volontaire de la fécondité, c'est le moyen le plus sûr d'arrêter les progrès du mal ; il faut que la population sache tous les inconvénients qu'entraînent les fraudes génésiques. Deux voies peuvent conduire à ce résultat : l'enseignement des Écoles de médecine et la publication d'ouvrages sérieux sur ce genre d'abus. L'enseignement des écoles, qui avertit les jeunes générations de médecins, est un puissant moyen de dissémination pour les idées utiles. Il est à désirer, dit M. Bergeret, que tous les médecins soient bien convaincus de la nécessité de proclamer souvent que l'homme ne peut violer impunément cette grande loi de la nature, cette loi capitale qui préside à la propagation de l'espèce, et que la règle à suivre, dans l'exercice des fonctions génératrices, doit être l'application sage et mesurée du précepte biblique : *Crescite et multiplicamini.*

L'ouvrage de M. Bergeret a une réelle valeur ; sans doute il n'a pas signalé la seule cause de l'arrêt dans l'accroissement de la population et de la fécondité moindre des mariages ; mais il appelle l'attention sur un mal réel, dont il approfondit les conséquences. Reconnaissons toute la portée de ce livre, basé sur des faits montrant l'accord des lois de la morale et des préceptes d'hygiène, et donnant, sur une question grave et délicate, des avertissements sérieux et des conseils salutaires.

M. Bergeret est connu dans la science par d'autres travaux ; il est l'auteur de plusieurs mémoires pleins d'intérêt, insérés dans les *Annales d'hygiène et de médecine légale* ; c'est un médecin très-distingué, et nous proposons à la Société de médecine de lui accorder le titre de membre correspondant.

M. Rigaud pense que les observations de M. Bergeret ne peuvent s'appliquer aux habitants des campagnes, pour lesquels une nombreuse famille constitue un élément de richesse. — Il demande si la statistique a démontré que les mariages disparates, quant à l'âge des époux, sont plus nombreux qu'autrefois. Ce serait là une nouvelle cause à ajouter à celles qui diminuent le nombre des enfants issus de chaque union.

M. Tourdes répond que les statistiques prouvent que les mariages tardifs sont moins féconds que ceux qui sont contractés à un âge moins avancé. La question est complexe ; M. Bergeret ne s'est attaché qu'à un seul de ses éléments, qu'il a approfondi d'une manière regrettable. L'époque des mariages, les progrès de la misère et de la démoralisation, les disettes et les maladies épidémiques, les armées permanentes et la guerre, le mouvement des populations vers les villes, ont leur part d'influence ; mais la volonté humaine qui, de propos délibéré, limite la fécondité, est aussi à prendre en considération. C'est à ce point de vue que s'est placé l'auteur, et il montre d'une manière saisissante, en s'appuyant sur des faits, l'action funeste de cette cause sur l'individu, sur la famille et par conséquent sur la société.

M. Schutzenberger regarde comme exagérée l'importance que M. Bergeret attribue aux fraudes dans l'accomplissement des fonctions génésiques. La lenteur de l'accroissement de la population en France dépend de causes multiples, parmi lesquelles figure au premier rang l'armée, qui, pendant plusieurs années, empêche les jeunes gens les plus forts, les plus exempts de défauts corporels, de contracter des mariages. — Quant aux maladies utérines, on peut, en partie du moins, attribuer leur augmentation apparente de fréquence à ce que les femmes sont examinées avec plus de soin qu'on ne le faisait autrefois, quand les moyens d'investigation dont on dispose aujourd'hui étaient moins employés. M. Schützenberger fait observer qu'il s'agirait encore de prouver par la statistique que les femmes qui ont eu beaucoup d'enfants ont moins d'affections utérines que celles qui en ont eu peu.

M. HIRTZ pense que si, dans les campagnes, les familles riches comptent, en général, un petit nombre d'enfants, cela peut tenir, en partie, à la fréquence des mariages consanguins. — Il rappelle, d'autre part, la loi déjà formulée par Villermé (1), d'après laquelle la densité que peut atteindre la population d'un pays se trouve dans un rapport déterminé avec les ressources alimentaires que fournit ce pays. La population diminue fatalement quand la densité devient trop consi-

---

(1) Villermé, *Mémoire sur la mortalité en France* (*Mémoires de l'Académie de méedcine.* Paris, 1828, tome I, p. 51) — *Des épidémies sous le rapport de l'hygiène publique* (*Annales d'hygiène.* 1833, tome IX, p. 5).

dérable. Depuis trente ans, le prix de toutes choses a considérablement augmenté.

M. PAPILLON cite le résultat des statistiques, d'après lesquelles la cherté des subsistances entraîne comme conséquence une diminution dans le nombre des naissances.

M. SÉDILLOT exprime le regret que M. Bergeret, après avoir signalé les inconvénients qui résultent, pour chaque homme en particulier et pour la société tout entière, de la transgression des lois imposées par la nature, n'ait pas au moins essayé de rechercher quelques-uns des remèdes qu'il pourrait être possible d'opposer à l'état de choses qu'il déplore.

# TABLE DES MATIÈRES

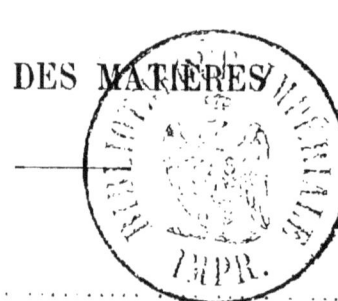

DEUXIÈME PARTIE

**Dangers et inconvénients des fraudes pour la famille**

TROISIÈME PARTIE

**Dangers et inconvénients des fraudes pour la société**

# J.-B. BAILLIÈRE et FILS

LIBRAIRES DE L'ACADÉMIE IMPÉRIALE DE MÉDECINE

rue Hautefeuille, 19, à Paris

BOUCHUT. *Hygiène de la première enfance,* comprenant la naissance, l'allaitement, le sevrage, les maladies pouvant amener un changement de nourrice, les maladies et la mortalité des nouveau-nés, l'éducation physique de la seconde enfance. *Cinquième édition.* Paris, 1866, in-18 jésus de 400 pages, avec 49 fig.    4 fr.

BREHM. *La vie des animaux illustrée,* ou *Description populaire du règne animal,* par A. E. BREHM. *Mammifères,* caractères, mœurs, instincts, habitudes et régime, chasses, combats, captivité, domesticité, acclimatation, usages et produits. L'ouvrage forme 200 livraisons, composées chacune de 16 colonnes; il est illustré de plus de 1000 figures intercalées dans le texte et de 40 planches tirées hors texte sur papier teinté. — Il paraît deux livraisons à 10 cent. par semaine, et une série de 10 livraisons toutes les cinq semaines, au prix de 1 fr. à Paris et 1 fr. 20 dans les départements, *franco* par la poste. — Les 40 planches sur papier teinté forment 10 livraisons à 10 cent.— On souscrit pour 10 séries avec les 5 livraisons de planches correspondantes, soit 10 fr. 50 c. pour Paris et 12 fr. 50 c. pour les départements.

CHAILLY. *Traité pratique de l'art des accouchements,* par CHAILLY-HONORÉ, membre de l'Académie de médecine. *Cinquième édition.* Paris, 1867, 1 vol. in-8 de XXIV-1036 pages, avec 282 figures. 10 fr.

CHURCHILL (Fleetwood) *Traité pratique des maladies des femmes,* hors l'état de grossesse, pendant la grossesse et après l'accouchement, par Fleetwood CHURCHILL, professeur à l'Université de Dublin. Traduit de l'anglais, sur la *cinquième édition,* par MM. Alexandre WIELAND et Jules DUBRISAY, et contenant l'Exposé des travaux français et étrangers les plus récents. Paris, 1866, 1 vol. grand in-8, XVI-1227 pages, avec 291 figures.    18 fr.

CIVIALE. *Traité pratique sur les maladies des organes génito-urinaires. Troisième édition.* Paris, 1858-1860, 3 vol. in-8 avec figures.    24 fr.

DESLANDES. *De l'Onanisme* et des autres abus vénériens, considérés dans leurs rapports avec la santé. Paris, 1 vol. in-8 de 450 pages.    7 fr.

*Dictionnaire de médecine, de chirurgie, de pharmacie et des sciences accessoires.* Publié par J.-B. Baillière et fils. *Douzième édition,* entièrement refondue par E. LITTRÉ, membre de l'Institut de France, et Ch. ROBIN, professeur à la Faculté de médecine de Paris; ouvrage contenant la synonymie *grecque, latine, anglaise* et *espagnole,* et le Glossaire de ces diverses langues. Paris, 1865, 1 beau volume grand in-8 de 1800 pages à deux colonnes, avec 531 figures. 18 fr.

DONNÉ. *Conseils aux mères* sur la manière d'élever les enfants nouveau-nés. *Quatrième édition,* par Al. DONNÉ, recteur de l'Académie de Montpellier. Paris, 1869, in-12, 372 pages. 3 fr.

DONNÉ. *Hygiène des gens du monde,* Hygiène des saisons, exercice et voyages de santé, hygiène de l'estomac, hygiène des poumons, hygiène des femmes nerveuses, les vêtements, la mode et l'hygiène, etc. Paris, 1870, 1 vol. in-18 jésus.

*École de Salerne* (L'). Traduction en vers français, par Ch. MEAUX-SAINT-MARC, avec le texte latin en regard (1870 vers), précédée d'une introduction par M. Ch. Daremberg, —*De la sobriété,* conseils pour vivre longtemps, par L. CORNARO, traduction nouvelle. Paris, 1861, 1 joli vol. in-18 jésus de LXXII-344 pages, avec 5 vignettes. 3 fr. 50 c.

FAU. *Anatomie artistique* élémentaire du corps humain, par le docteur J. FAU. Paris, 1865, in-8, avec 17 pl. fig. noires. 4 fr.
— Le même, figures coloriées. 10 fr.

FEUCHTERSLEBEN. *Hygiène de l'âme,* par E. DE FEUCHTERSLEBEN, professeur à la Faculté de médecine de Vienne, traduit de l'allemand, sur la *vingtième édition,* par le docteur Schlesinger-Rahier. *Deuxième édition,* précédée d'une étude biographique et littéraire. Paris, 1860, 1 vol. in-18 de 260 pages. 2 fr.

FONSSAGRIVES. *Hygiène alimentaire* des malades, des convalescents et des valétudinaires, ou du régime envisagé comme moyen thérapeutique, par le docteur J.-B. FONSSAGRIVES, professeur à la Faculté de Montpellier, etc. *Deuxième édition.* Paris, 1867, 1 vol. in-18 de XXXVI-698-pages. 9 fr.

FRÉGIER. *Des classes dangereuses de la population dans les grandes villes* et des moyens de les rendre meilleures, par A FRÉGIER, chef de bureau à la Préfecture de la Seine. Paris, 1840, 2 vol. in-8. 14 fr.

HUGUIER. *De l'hystérométrie* et du cathétérisme utérin, de leurs applications au diagnostic et au traitement des maladies de l'utérus et de ses annexes, et de leur emploi en obstétrique ; leçons professées à l'hôpital Beaujon, par P.-C. HUGUIER, membre de l'Académie impériale de médecine. Paris, 1865, in-8 de 400 pages, avec 4 planches. 6 fr.

HUNTER. *Traité de la maladie vénérienne,* par J. HUNTER, traduit de l'anglais par G. RICHELOT, avec notes et additions par PH. RICORD, chirurgien de l'hospice des Vénériens. *Troisième édition.* Paris, 1859, in-8 de 800 pages, avec 9 planches. 9 fr.

LEMOINE. *Du sommeil,* au point de vue physiologique et psychologique, par ALBERT LEMOINE, maître de conférences à l'École normale. Paris, 1855, in-12 de 410 pages. 3 fr. 50 c.

**MAGNE.** *Hygiène de la vue*, par le docteur A. MAGNE. *Quatrième édition.* Paris, 1866, in-18 jésus de 350 pages, avec 30 fig.  3 fr.

**MENVILLE.** *Histoire philosophique et médicale de la femme* considérée dans toutes les époques principales de la vie, avec ses diverses fonctions, avec les changements qui surviennent dans son physique et son moral, avec l'hyg.ène applicable à son sexe et toutes les maladi s qui peuvent l'atteindre aux différents âges. *Seconde édition.* Paris, 1858, 3 vol. in-8 de 600 pages.  10 fr.

**MORDRET** (A.-E.). *De la mort subite dans l'état puerpéral.* Paris, 1858. 1 vol. in-4 de 180 pages:  4 fr. 50 c.

**PENARD.** *Guide pratique de l'accoucheur et de la sage-femme*, par LUCIEN PENARD, professeur d'accouchements à l'École de médecine de Rochefort. *Deuxième édition.* Paris, 1865, xxiv-528 pag., avec 112 figures.  4 fr.

**PIESSE.** *Des odeurs, des parfums et des cosmétiques*, histoire naturelle, composition chimique, préparation, recettes, industrie, effets physiologiques et hygiène, par S. PIESSE, chimiste parfumeur à Londres; édition française, publiée avec le consentement et le concours de l'auteur, par O. REVEIL, professeur agrégé à l'École de pharmacie. Paris, 1865, in-18 jésus de 527 p., avec 86 figures.  7 fr.

**RACIBORSKI.** *Traité de la menstruation*, ses rapports avec l'ovulation, la fécondation, l'hygiène de la puberté et de l'âge critique, son rôle dans les différentes maladies, ses troubles, et leur traitement. Paris. 1868, 1 vol. in-8, 632 pages, avec 2 planches chromo-lithographiées.  12 fr.

**RICORD.** *Lettres sur la syphilis*, suivies des discours à l'Académie impériale de médecine sur la syphilisation et la transmission des accidents secondaires, par Ph. RICORD, chirurgien de l'hôpital du Midi, avec une introduction par Amédée Latour. *Troisième édition.* Paris, 1863, 1 joli vol in-18 jésus de vi-558 pages. 4 fr.

**ROUBAUD.** *Traité de l'impuissance et de la stérilité chez l'homme et chez la femme*, comprenant l'exposition des moyens recommandés pour y remédier, par le docteur FÉLIX ROUBAUD. Paris, 1855, 2 vol. in-8 de 450 pages.  10 fr.

**TARDIEU** (A.). *Étude médico-légale sur les attentats aux mœurs. Cinquième édition.* Paris, 1866, in-8 de 224 pages, avec 4 planches gravées.  4 fr.

**TARDIEU** (A.). *Étude médico-légale sur l'avortement*, suivie d'observations et de recherches pour servir à l'histoire des grossesses fausses et simulées. *Troisième édition.* Paris, 1868, in-8, viii-258 pages.  4 fr.

**TARDIEU** (A.). *Étude médico-légale sur l'infanticide.* Paris, 1868, 1 vol. in-8 de 338 pages, avec 3 planches coloriées.  6 fr.

Imprimerie L. Toinon et Cᵉ, à Saint-Germain.

www.ingramcontent.com/pod-product-compliance
Lightning Source LLC
Chambersburg PA
CBHW061454030726
47503CB00005B/1709